福地福人居

故事書

楊富閔

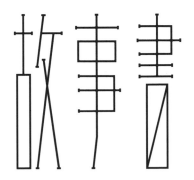

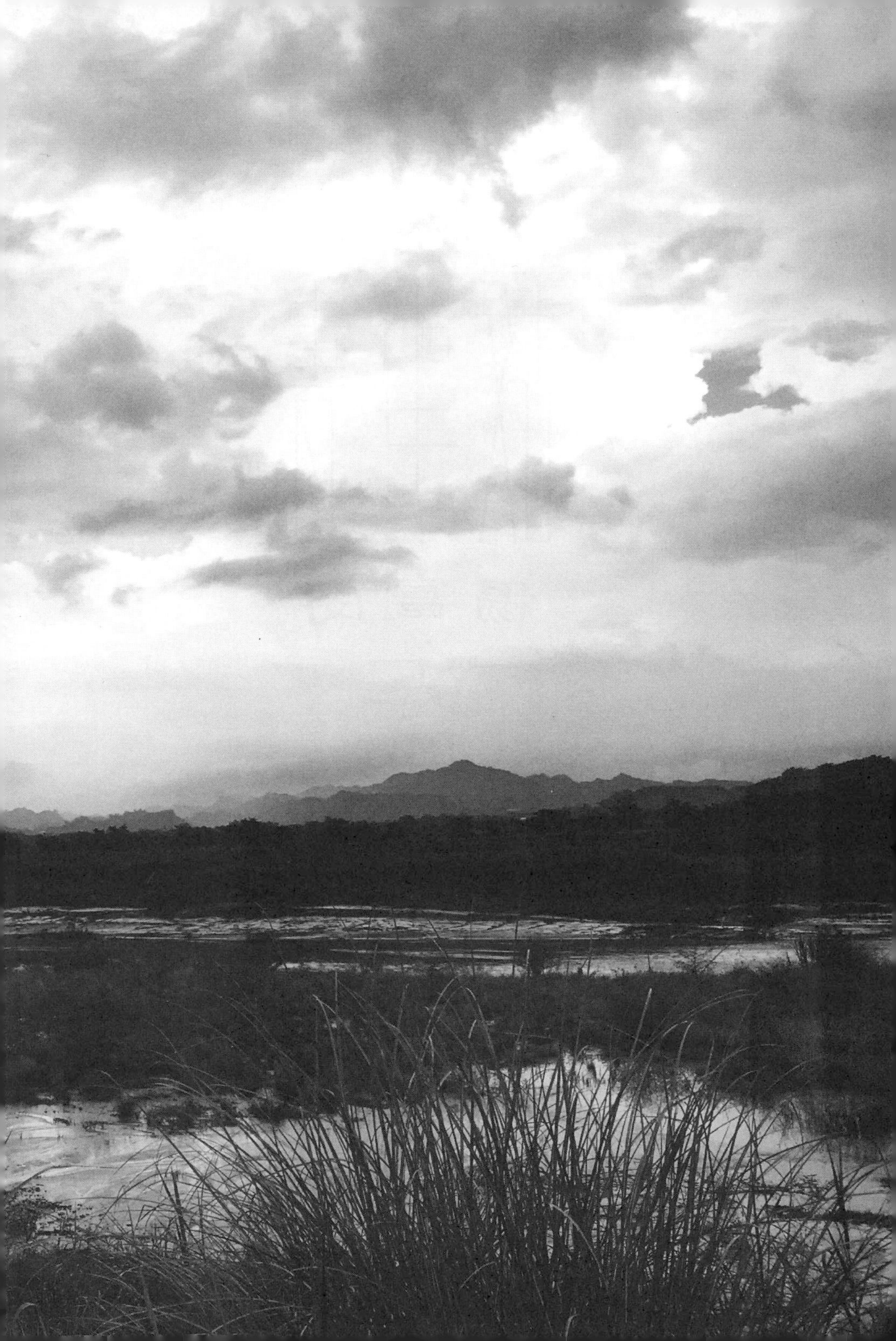

二十一世紀初期，山頭尚未出現天文臺的樣子。

三合院貼春聯的工程十分浩大，處處都有「祖孫視角」。

祖母從橋的那端嫁至橋的這端。

年初四的家族餐，一張紅顏色的小紙，短短幾個字，啟動二十萬言的書。

曾祖母過世當天的日曆紙，背面臨時拿來抄寫族譜，訃聞排版要用的。

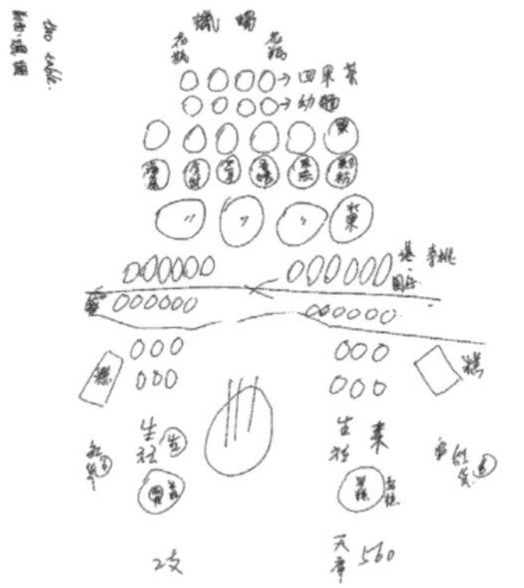

一九九九年拜天公的手抄筆記，媽媽的筆跡，一定要珍藏。

破布子念珠大賽，捻著、念著、想著、數著。手與心漸漸放了開來。

古厝拆除當天早上，誰是最後一個離開的人呢？

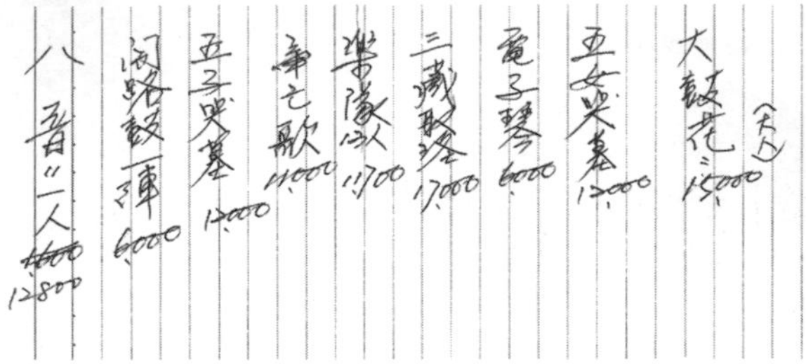

大鼓花（大人）15000
五女哭墓 12000
電子琴 6000
三藏取經 17000
樂隊12人 11700
牽亡歌 11000
五子哭墓 12000
開路鼓陣 6000
八音八人 1600 12800

我的二十一世紀，是起始於曾祖母的一場葬禮。

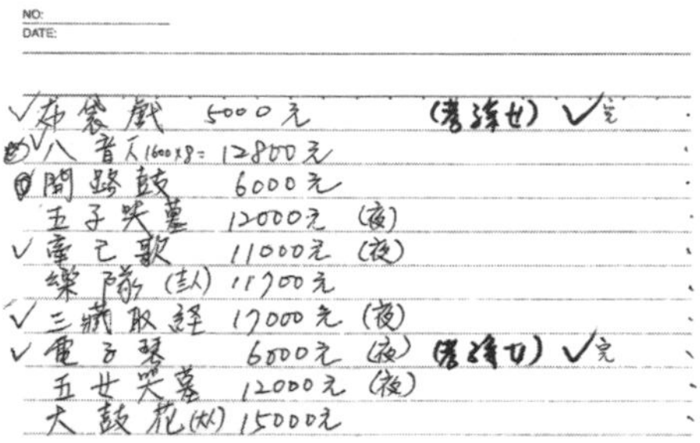

NO:
DATE:

布袋戲 5000元 （考證世）✓完
八音八人1600×8= 12800元
開路鼓 6000元
五子哭墓 12000元 （夜）
牽亡歌 11000元 （夜）
樂隊（12人） 11700元
三藏取經 17000元 （夜）
電子琴 6000元 （夜） （考證世）✓完
五女哭墓 12000元 （夜）
大鼓花（大人） 15000元

曾祖母守喪期間留下大量資料，媽媽整理的，我每次都坐著翻看好久。

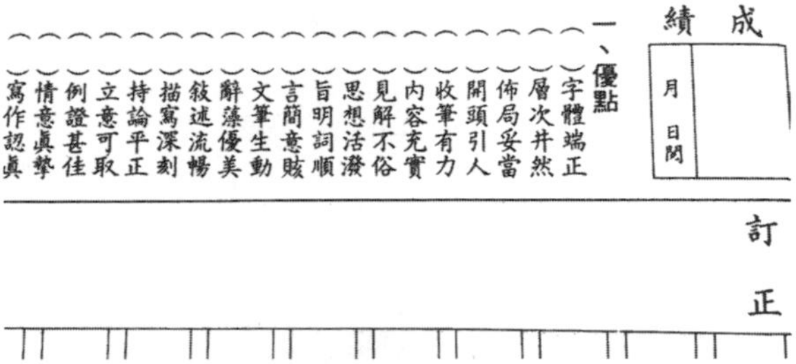

成績
月 日閱

一、優點
（ ）字體端正
（ ）層次井然
（ ）佈局妥當
（ ）開頭引人
（ ）收筆有力
（ ）內容充實
（ ）見解不俗
（ ）思想活潑
（ ）旨明詞順
（ ）言簡意賅
（ ）文筆生動
（ ）辭藻優美
（ ）敍述流暢
（ ）描寫深刻
（ ）持論平正
（ ）立意可取
（ ）例證甚佳
（ ）情意真摯
（ ）寫作認真

訂正

小時候常分不清優點缺點，或許它們一體兩面。訂正又該寫些什麼呢？

高祖母的百年小墳。她會知道我是誰嗎？

爸爸尾牙抽中的小相機，讓我長出另一對眼睛。

廟會錄影帶是我們全家的最愛，也是我的文學啟蒙之一。

二十世紀最後一次拜天公，日曆紙的背面就是媽媽手繪的供品圖示。

很想再聽祖母用臺語念一次大匏崙，以及其子瓦、燒灰仔、風窗。

阿姆卡洛，我想為你寫篇小說。

南瓜與菜瓜的牽牽掛掛。

遠親到底有多遠呢？喔，遠親如今
也都有了屬於自己的枝與葉。

菜瓜與南瓜的牽牽掛掛。

貝公噗噗車，前後跟著黑仔黃仔。黑仔喜歡窩在黑色座墊捲成一圈
呼呼大睡，保護色。

生命的口訣：二五八牛墟。

看到字的有福氣！

地址也有它自己的故事。

抒情清果機，每顆柳丁都要做SPA，這機器是我們的大型玩具。

目錄

新人——

大內楊先生十二位

聽故事的人——

我讀小學年紀，一次午後三點，棗紅色廂型車固定開到家門對口，他們選中兩間民宅的騎樓當成舞臺空間，準備在此銷售據說掛有研究認證且明星推薦的康健食品。祖母坐在騎樓，對著客廳打著「超級任天堂」的我說賣藥的又來了！其實她是在自言自語，而我扔下搖桿來到鋁門窗前看去，這時看到工作人員正在擺放塑膠椅子，範圍就是兩個騎樓；再過半個鐘頭，山村東南西北鄉親民眾就要會合在此，因為來聽就有禮物可以拿：有時是袋裝的洗衫粉、有時是一卡水桶，都是日常重點用物，幾個月聽下不知拿了多少贈品，這下康健食品沒買倒是不好意思。

我以前就注意到，祖母從來沒有參與這項活動，但她就坐在騎樓聽著，聽著對面穿背心制服的銷售人員進行產品介紹，有時穿插才藝表演、機智問答，她也跟著原地拍手。現場活動尤以女性為主，我們平時都在路上看過，好幾位是我小學同班同學的阿嬤。人潮湧入的下午三點，我家門口乃至周邊民宅漸漸停滿機車，鄉間產業道路為此微型堵塞，我的新書活動從來也沒這麼多人。大家想聽走江湖話唬爛，同時也是敘敘舊。今天不用到田裡工作。祖母不為所動，故事聽得一清二楚，差別只是沒有贈物可拿。

人潮最為兇猛的一次，據說是電視上的大明星要來站臺，為此引來兩倍人潮，這位明星我們常在豬哥亮歌廳秀與八點檔連續劇看到，現身時刻引來地方媽媽尖叫歡呼。我偷吃步跑到二樓陽臺去看，真的看得比較清楚。一位阿嬤搬出她家客廳插花相贈，也有帶來自己種的愛文芒果，我們彷彿回到隨片登臺的年代，差別現在舞臺只是騎樓。這位明星究竟是誰呢？不告訴你。

這支賣藥隊伍前後說了一個夏季的故事，聽到我都知道活動流程：主持、串場、場控、維持秩序。聽到我都可以換算講出自己的版本，說不定讓我賣業績也會嚇嚇叫。夏季過了賣藥隊伍將沿曾文溪水往內山聚落而去，我們這支聽故事的隊伍又將恢復一般的作息。其中一次，活動結束，散會現場大家拎著禮物去牽車，好難得我看到一位阿公身在其中：一手拿了洗衫粉，一手牽著小男孩，最後牽出一臺淑女車，他是代替誰來買藥治病的嗎。這是他念小學的孫子嗎。作為唯一男性代表，身在其中他會否感到並不自在。或者他只是來聽聽故事看看才藝。問題懸在我的腦袋，直至目送他的人車消失長路盡頭，直至我也成為一名說故事與聽故事的人。

我們掌聲先歡迎聽故事的人。

GrandMa

我讀小學年紀，一次騎著單車，轉彎繞角從大內國小出發而後闖入三合院密集處，就在楊家古厝的小羊牧場附近，聽到了樹叢中傳來熟悉的哀號聲。

當下我就知道這是失蹤一陣的毛小孩黃仔——某年深冬突然選擇在我家騎樓住下的野生犬。黃仔平日跟著我們上下田地，一段時間因病藏躲起來，我們遍尋不著祂的身影。祂是聽到我一邊放雙手騎單車，一邊跟著同車堂弟七嘴八舌，於是認出我的聲音，祂在向我表達什麼呢。

我連忙下車，面對一片高過頭顱的草叢，就是找不到入口在哪，或者根本沒有入口，可以想見黃仔決心是要躲了進去。祂在生病，祂在靜養。我繞著草叢畫了一個大圈，哀號聲音越來越大，因此更加確定就是平常看前顧後，但是生性膽小又很懂得享受的黃毛狗。

當下我就飛車回家，通知正在廚房大粒汗小粒汗的GrandMa，但是她沒機車，於是找了伯公求救。黃仔平日出沒我們兩家的田地，此刻兩位長輩於祂而言是最熟悉的，而我在騎樓耐心等候，沒有跟上前去。大概過了十五分鐘，看見GrandMa坐伯公機車後座，抱著黃仔像是抱著看病回家的小孩，放祂騎樓四處打轉，這才知道祂的後腿被打斷了。

這場黃昏日落的救狗插曲，讓我從此對於黃仔多了一份心緒，我們之間有了屬於自己的默契。祂能聽懂我的聲音，我們之間是充滿信任。

黃仔平日除了在家，偶爾祂也會散步到離家最近的殘仔田地吃草，大概祂的體質天生不好，時常追吼路人的下場就是被打到掰咖。黃仔的膽小顯示在祂的怕鞭炮，我們又住廟邊，迎神賽會祂是能躲就躲，有次跑到曾祖母賃居的二樓，我看祂，祂看我，想說讓祂躲一下吧！笑笑先行下樓。黃仔的懂得享受也在於祂的不想被曬，有次熱到跑到二樓我的房外，偷偷吹著門縫流出的冷氣。母親看到一定被罵，但是我沒有趕祂。

一系列的地號書，就算文章沒有提到，我總能看到黃仔的身影，祂是我們家的第一代毛小孩，最後是被捉狗大隊撈走，時間還早於曾祖母過世，大概一九九八年尾聲。

我常在想黃仔有時我家、有時伯公家，在祂眼中我們有什麼區別嗎？在GrandMa的懷中靜靜躺著，GrandMa心中想的又是什麼。大家族的狗應該屬於大家族，眼前所見盡是祂的親屬。

我寫著黃仔的故事，起引畫面正是GrandMa從草叢將祂救回，緊緊抱住祂的身姿。不知GrandMa是否記住這件往事，她的孫子曾經慌張闖進廚房求她要救一隻狗。

讓我們掌聲歡迎GrandMa。

小家庭

我讀小學年紀，一次中午放學，完成功課之後躲上二樓房間，冷氣開放的房間，父親正在睡覺，他要上下午四點的班，我是鬧鐘，負責三點將他吵醒。狹仄的房間擠滿了一大床一小床，可以說一進門就是床，我喜歡把棉被平行床面鋪得齊整，然後當自己地底動物一般從床前鑽了進去，這裡形成一個臨時的山洞，洞中帶上幾本家族相簿，偷偷默默躲起來看。

家族相簿固定收在房間壁櫥，開本大小並不一致，沖洗出來的卻都是三乘五，每本相簿幾乎看到會背，最常翻的那幾本卻是在我出生之前便存在了，裡面的人物只有年輕的父親、母親，以及五歲以前、越長越高的大哥，三人構成的小家庭，在民國七十年代初期，已經從臺灣頭玩到臺灣尾：太魯閣、鵝鑾鼻、野柳……處處都有留影。我常通過影像之中他們身處的世界，想像原來這就是我尚未抵達的世界，他們就是我未來的親人。當時貌美的母親習慣穿著飄逸白色洋裝，抱著土灰色夾克大哥的她未滿三十歲；父親則是剛滿三十，恰是我現在的年紀。小學時期當我獨處，我就反覆複習這些照片，想像我來不及參與的島內行旅。十歲之前，我大抵是透過這種方式，不斷確認自己的出生，確認我是隸屬於一個大家族，也隸屬在一個小家庭。大哥說他看過母親懷孕的樣子。小家庭的小故事在我被產出那一刻旋即告終，而我一次又一次帶著相簿被穴匍匐前進又倒退而出。好久不見了民國七十年代初期的父親、母親與大哥。

我們掌聲歡迎曾文溪邊的小家庭。

曾祖母

我讀小學年紀，一次除夕圍爐，等到紅包大抵領取完畢，跑到二樓房間，立刻將門反鎖。我正在進行現金點鈔的動作，還拿了一本活頁筆記，逐條逐項寫下親屬給的金額，只差沒有寫上三字已簽收。曾祖母的行情永遠固定，後來我都笑稱這是今之古人的物價，史上絕無僅有的贈禮。我收到來自不知是清朝人日本人什麼人的大紅包。

過去幾年我去了許多地方講演，曾祖母的故事永遠述說不完且總是引來最多反應，我常說在我年紀最小之際，我是楊家離出生最靠近的人；而當時年屆百歲的曾祖母一定離出生最遠，但我們都與死亡相等距離。我常說畫面是這樣的：一個百歲人瑞與一個九歲男孩，站在二十世紀最後十年的南部山村樓厝騎樓，彼此是看到了什麼呢。我發現曾祖母的故事如同她的生命韌度強勢強盛，她不屬於傳記也不屬於小說，她屬於她自己，分類於她沒有意義，我也不喜各種區分。曾祖母的故事得以細水長流，她並非網路時代後人類，卻完全趕上網路時代語言，這到底又是為什麼呢。

我們過年時候，常在曾祖母起家的樓厝二樓打衛生麻將，她的房間即在二樓樓梯轉角，從不關門，於是我們路過得以清楚看到她是如何將自己從地方的媽媽活成地方的人瑞。她有自己的小瓦斯爐，主要依靠大同電鍋，懷有多道私房電鍋料理，所以我們笑說果然是國產的好，用大同電鍋吃到變成人瑞，阿奏當是最佳代言人。幾次看她正在料理，我們子孫駐足觀望，好像她在熬煮什麼驚人食材：她習慣將所有佐料混成一鍋，方便配飯吃很多天，第一次看覺得還新鮮，第二次看就覺得好像在吃，對，就是很像ㄆㄨㄣ，加上器皿生鏽，我們都覺得很不忍，勸她下樓跟我們一起吃很多年了，然而她真真切切是吃得身心勇健，樂在其中！好像我們誤解了這鍋菜尾，說到底是精力湯，百年精華呢。所以對她我還是不夠了解。不夠了解就要不求甚解。好久不見我的阿奏。謝謝妳打下家業，讓我們得以在妳庇蔭之下至今生活不太走鐘。

我們用最熱烈的掌聲歡迎曾祖母。

小祖先單行本

我讀小學年紀，一次農曆鬼月，初次聽聞祖母說起我們家這一位小祖先的故事。故事將在本書〈七月〉該篇文章闡述。這邊想要分享一個人物的發現與形塑，到底他是憑空孵化還是有所底本。

八月結束波士頓的訪學計畫，我們從東岸飛至西岸聖塔芭芭拉。出發之前預邀稿子期限已到，不再動筆會開天窗，於是我有了一次難忘的寫作經驗。我在向西飛行的飛機上寫，六個小時完成一篇短文綽綽有餘，偶爾通過機上小窗下看美國中部內陸地形，像是來到高中地理自修的插圖說明。抵達洛杉磯之後，我們轉乘巴士來到聯合車站，為了一覽特殊地貌，選擇沿著海岸的Coast Starlight，在提供方桌與茶點的Amtrak的八月，寫著一篇關於臺灣七月的故事。最後是在東岸西岸的時區換算、以及誤點形成的時間縫隙，縫縫補補，利用車上Wi-Fi安全送出稿件。

我已寫到時間感知大亂，從天上寫到人間，竟不知生在第幾次元，或者窗外地質景觀於我亦是開了眼界，遂也不知自己置身何方，時間空間都在跟我提問，我卻不知如何應答。然而特殊的地理風土，是否能夠召喚特殊人物？我初次將小祖先三個字刻印下來，心中竟有一股巨大的喜悅，我已預感這位精靈一般的新人足以盛載的敘事能量，亦同一旁的太平海景是無邊無界。記得稿件交付當下，列車停靠一座名為Ventura的小站，鬆了一口氣，我最喜歡的人坐在我的對面，等在眼前的又是一次難忘的行旅。行旅中小祖先的形廓越來越清，太平洋離我們並不遙遠，加州即將燒起的野火同樣距離不遠。

我想起小祖先是有牌位卻沒有墳塚。多年以來都由我家負責祭祀。小祖先有個本名叫做楊友讓，家中二男，所以是我的貝公。戶籍資料告訴我他是出生於昭和五年十月二十六日。卒於昭和八年八月五日。

現在讓我們掌聲歡迎小祖先。

姑婆群組

我讀小學年紀，一場元宵摸彩，全鄉半數聚集到了朝天廟口。這年可能還有經費，我忘記主辦方是鄉公所還是媽祖廟，摸彩券早已通過村長通路分送到各鄰各戶，誰家幾張都有平均分配，聽說不少家庭趁機多要幾張，感覺中獎機率可以高一點點。我們家向來興趣缺缺，主要有史以來得獎運離奇得低，因此從小學到家訓是凡事努力靠自己。雖是如此，我們還是碰碰運氣：聽說有次真的中大獎，現場報號遲遲沒人認領。元宵晚會最大獎固定是腳踏車，再來就是白米、水桶或者味精之類，感覺預算真的吃緊。

一件有趣的事情是，因為上次忘記領獎，其後我們參加摸彩，聽取報號實在太過麻煩，於是習慣在投入摸彩小箱的獎券紙上，順便留下家人的名字，方便主持人唱名，沒在現場至少鄰居也有認識，暫時先幫我們代領一下。摸彩這事通常都由母親張羅，多年來她詳列過的名單從曾祖母下至大哥，最愛使用我的名字，母親覺得自己名字太拗口沒用過。老實說真的很彆扭，國小時期每當抽獎時刻，我就躲到緊鄰廟邊的三樓陽臺偷聽，到底我是希望得獎還是不得獎呢？廟口好多同班同學，若是拿到的是頭獎就算了，抽中味精組合或是米龜分屍剩下的小袋包裝覺得超級尷尬。我真是好虛榮。

有一年，摸彩券，剩太多。我們多了兩倍的券量，母親不忘提醒要我謄記家人名字當作記號，然後說你比較會中，你也要寫。這種文書工作深得我心，抓到機會，我寫了曾祖母、祖母、父親、叔叔、大哥的名字，其實沒有規定名字只能一張一人，但我不知哪來的公平魂正義感，希望大家全都有份，自然是沒有把自己寫進去的。最後剩下一張，因為理解母親不愛她的名字被念，私心把她略了過去，於是腦海轉了一圈，我就寫下了姑婆的名字。

姑婆名字筆畫繁複到我根本像用畫的，單名姓楊叫做孽，不是楊烈是楊孽。當時出嫁大內將近七十年了，偶爾回來看曾祖母，她是我心中的模範女兒，我很喜歡她，所以想把位置留給她。母親知道我開出的名單如此荒腔走板，她說曾祖母都阿彌陀佛了，要是得獎怎麼辦。我心想那不是很好嗎，母儀天下。那似乎是千禧年第一個元宵節，我們剛剛結束了曾祖母的大葬禮，心神惚惚恍恍，不久之後媽祖廟要擴建，我們的三合院就要拆了。那個夜晚最大獎品還是腳踏車，不過是變速的。然後那個晚上姑婆楊孽得獎了。

我們掌聲歡迎好久不見的小姑婆。

打赤膊的人

我讀小學年紀，一次外出補習，我在教學大樓鋁門窗邊，編織想像衛星城鎮的開發次序：這邊國小、那邊公所、鐵軌在遠處，鐵軌附近是陸橋。這時我注意到了對棟公寓陽臺，走出一名打赤膊的年輕人，下身穿著短褲，他正在收白汗衫紅內褲。排骨酥的年輕人，沒有轉身入內，倒是靠著女兒矮牆，與我同樣打量這座衛星城鎮。他的樣子大概二十出頭，像極了父親壘球隊伍的大哥哥們。剛剛退伍的模樣。

一段時間，週日母親上班，我就跟隨父親與其球隊，不斷遷徙臺南縣境各個中學，尋找操場或者空地當成集訓空間。為此得以更加深入不同教學現場。我去過很多假日無人的空蕩學校，趴在門窗深鎖的教室外邊，研究每間教室的公布欄牆，同時在風雨走廊欣賞才藝競賽榮譽榜，獨自聽取各處室報告。

我從小習慣團體生活，大家族是個大團體，加上父親的球隊，廟會的隊伍，學校生活……於是造就無論如何我也要匀出自己時間的生存技能，以及想盡辦法刷到存在感。打赤膊的年輕人不知道有沒有看到我，這是週三下午上班上課時間，他為什麼會在家裡呢。

這支壘球隊伍又是怎麼組合而成。沒有電視演的那般勵志熱血，我甚至不知最後何以帶開解散。二十世紀最後十年曾文溪邊一支以宮廟為名的慢速壘球隊。隊名叫做清水。清水祖師的緣故。

當年清水小隊的成員如今都過四十歲，或者外出打拚或者留在鄉里，或者搬到衛星城鎮如善化新市。熱血的勵志的之外可能還有別的，比如離開的方法，挫折的過程，或者沒有緣由只是想走。慢壘的故事適合慢速講述。我已多年沒有想起這群人了。

我們歡迎打赤膊的人。

通報水情的小男孩

我讀小學年紀，一個無事午後，騎著單車的我，發現了一朵菇骨粗實、而菇帽飽滿的雷公菇。一眼我就知道這是一朵好菇，可是這裡怎會發菇呢？我正騎在一段前後並無人煙，靠近曾文溪河床地的林中路，以為會有第二朵第三朵，卻孤單一朵站在那裡。彷彿某場閃電交加陣雨過後，它就生在那處等候我前來指認。

我要不要把它摘走？從小到大路上看到什麼我都不太敢撿，記得有次同樣無聊單車晃蕩，我在市場附近撞見地上一張五百大鈔。我騎了過去，又騎了回來，始終沒有勇氣把它撿起，等到母親下班趕緊通報，趕去現場已經什麼都沒有了。母親說怎麼這呢無膽。其實我是擔心撿了要娶鬼新娘。電視都是這樣演的。

然而那天毫無思慮的我就拔起一朵雷公菇，放在車籃騎到靠近河床的港仔地，這塊地是我的最愛。那時河堤正要修築，港仔確定劃入，我們還有耕作，不少田地自行拋荒。前往港仔的路上，為此顯得更顯險峻，總是積著雷雨積下的大小水窪，從中騎過立刻噴出兩道水弧，我會把自己的拖鞋與小腿弄濕。腿要抬高。

夏天水勢盛大，冬季河水淺近。最後來到港仔田地，某個角度得以看到曾文溪水，我根本離河床超級近。我與雷公菇相遇是在夏季，那日河床水高得離奇。水庫洩洪的緣故。

最近我下載了一個APP，得以隨時查詢臺灣水庫的即時水情，前陣子鬧旱災開始分區限水，因而更加密切注意水位降升。我覺得水情兩字特好。這裡我就有個關於水情的故事。

來到港仔之後，這時遇到一名陌生青年，看起來是個高職生，身形屬於黑乾瘦，可是感覺健康，他身穿白色上衣卡其短褲，像是某間學校的制服。他的上衣花紋有朵紅心A特別刺眼，紅心A繡在胸口位置，細緻大方。他的旁邊站著一名小女生，儼然一對早發的情侶。二十世紀最後十年，我也常在小學看到不知哪來的男孩女孩正在約會，約會就是玩遍各種遊樂設施，地球儀、盪鞦韆，最後站在將拆校舍的二樓走廊拉小手看遠方。沒想到這次居然跑到河床地。小女生哭得極其傷心，我才注意旁邊停妥一臺摩托車。書包擱在上面，猜的沒錯是一間高農與一間家商的cp組合。

我不知道要說什麼，心跳快得可怕，胡亂講了一句今天水庫放水，接著掉頭騎車趕快溜走。之後回到家中，又聽到公所繼續洩洪的廣播。南部臺灣連續下了兩週大雨。不知他們最後有沒有離開呢。

我們歡迎通報水情的小男孩。

落落大方的人

我讀小學年紀，一次果子採收，這時農友親屬，開始到處找尋誰家冰箱的冷凍庫得以商借拿來凍酪梨。

二十世紀最後十年，酪梨牛奶直是我們暑假生活最佳飲品，一杯外面賣得貴桑桑，於我而言如同白開水，冰箱總是好大一缸。我們農家的酪梨銷路總是不壞，如果有剩習慣切塊藏起，繼而引發冷藏空間不足的問題。有些農家乾脆買來一臺超商可見的推門冰箱，可以想像產量相當驚人。

不知為何祖母或者母親總是一眼即能辨識冷凍庫內各種結霜冷藏面目全非的食物，歷史悠久端午粽、破布子、小美冰淇淋、冬至菜包、元宵湯圓、家禽奇怪部位……凍得很像我們住在極地，天天都是永夜。平常根本不想打開，我甚至很少使用冰箱。

有年暑假我家再度因著無路可冰酪梨大傷腦筋，當時一個從外地回返大內的臺中親戚，暑假幾乎都跟我們膩在一起，間接聽到祖母與我的談話，想要解決他口中五嬸婆的煩惱，自告奮勇說他家冰箱應該有路。

臺中親戚身處三合院人際樹網的枝葉末端，她的祖父祖母都已故去，故鄉只剩叔嬸，住的就是叔嬸的房舍。這對夫妻生活低調，很少在祭祀或婚喪場見到，聽說頭路相當不錯，有一臺休旅車。

臺中親戚大主大意，當天回去就與他的叔嬸報備，隔天跑來宣告說完全沒有問題，主動拿來籃子說要幫忙裝。目前至少還能冰上七八大包。這怎麼好意思呢。平常沒在互動，突然跑去借電。人家也不好回絕吧。我們祖孫聽得目瞪口呆，接著各種顧慮陸續浮現，心想真是闖了大禍，而我們才打算換一臺大冰箱啊。

後來我們當然沒有去冰。祖母卻說這孩子真大方有憨膽，我聽了進去期許自己也要有憨膽真大方。祖母順勢乾脆送了幾包酪梨切塊，並且分享各種吃法。臺中親戚開心領受。事後我就細想：說不定人家叔嬸是真正歡迎。

臺中親戚大我兩歲，他說他們學校一個年級二十班，他就讀五年二十班。獨生子，甚喜鄉野生活，和我一樣當然姓楊。最後也最近一次見他是在我們共同親戚的喪禮，不知他念哪所高中，腳上穿的是最流行的愛迪達，戴著大家皆有的粗框鏡。我沒有過去招呼，怕不認得不好意思。

讓我們掌聲歡迎落落大方的人。

遠親

我讀小學年紀，一次春節初三，祖母伯公剛好站在各自騎樓，冬天的鄉間道路，零星走著不同型態的一家人。他們穿著新衣，像是才剛回來或者下午要避開國道塞車的遊子。而我穿上毛茸茸連帽灰色外套，感覺自己像一粒灰塵，跟著走到了亭仔腳。我只是單純想從祖母伯公視線向外看出去，看看過年過節在他們而言還剩下什麼。

伯公彼時快要八十，剛剛喪偶，祖母七十人家，安安靜靜的一個行人，這時走過了我們各自的家門。我不知道當下此刻兩老有了注意。伯公踱步來到我的家門，對著祖母問起：伊甘是某位人。斷斷續續鞭炮聲響。冬天鞭炮彷彿從曾文溪或者更遠的工業區送來，或者鞭炮是小店去年沒有賣光，音質如同一種新型電子鞭炮。

祖母才說她也感覺十分面熟呢。親像四十年前搬去高雄左營彼摳。安怎熊熊轉來啊。故事就此打住。我並不知這位行人是誰，但我知道自己已經無法從這樣的氣氛脫身。吸引我的不是他的身分、來歷、去處，而是當下隔絕話題之外的我，因著這位冬天遠行歸來的行人，而與祖母伯公瞬間成了同一時空的人。

遠親距離有多遠呢。像是因著種植間距太近彼此靠傷，樹幹承載過重而誤打地表的金黃愛文，像是我們三人見到這事反正是祕密，要不要這段關係可以自己做出抉擇。像是偶然臉書串流接到的一位表哥姊弟妹，在他們年節潑出、權限全開的家族照片，無意間像是童年趴在人家窗門，看到了曾祖母出殯之後從此少在相聞的誰與誰，如今業已有了屬於自己的枝與葉。

最後我們掌聲歡迎遠方的親戚。

拍噗仔——
百葉箱得勝頭回

老天爺感冒的時候，祂會躲在百葉箱之中，天曉得我在說什麼童話故事然而真的是天曉得。小學時候的自然課，我說百葉箱住的是天公本人。覺得自己嘴快犯了天條。就像路口轉折水泥低矮建物住著土地公，人家天公理當要住高一點。對於這種長得像是房子的迷你建物我毫無招架之力；也像是從前玩紙上大富翁看到地就想買然後綠屋紅屋一棟一棟蓋下去；像是路邊發現格局大小不一的小廟忍不住會想看它幾眼。百葉箱很適合我這種空間需求不大的首購族，我卻不曾真正打開過它。聽說裡頭有些儀器像是天公維生工具，這樣比喻太過繞路。我不要比喻。但我真心喜歡它是白的顏色。它是不是真的住著天公呢？某年寒假，開學恰是天公初九生日，晨掃時間，我們遠遠看到百葉箱前的水泥地上，剩下燒了一半的天公金，像是倉促間被人發現趕緊把火撲熄。那天過後，從此我看它就只是一座白顏色的百葉箱了。

地號

天公地／逆天的人

天公廟旁邊的小田地，應該可以叫做天公地吧。十五歲左右我才知曉祖先竟有一塊荒廢多年的廢耕田，面積不大且格局怪異，幾乎在我們兄弟出生之前就已拋荒，自身景觀早也與四周混成一片，出路走的是水路，其實就是一條排水溝。初來之際，我一眼看到田中的幾棵愛文荔枝，因為實在太過生疏，看著老樹我竟感到不好意思。

雖是家中務農的莊稼後代，我的田地經驗到底粗淺，夏季水果盛產，日常之中到處可見豐熟果實：酪梨、愛文、金煌、荔枝、龍眼、破布子……顆顆生得精彩且像在對我說話，我因此感覺童年生活從不孤單，然而若要問我是哪一塊地的哪一棵樹曾經讓你印象深刻，深深植入你的內在世界，我卻語塞同樣感到羞赧，只剩不知所措。

應該還是有的，比如殘仔田路邊可見的龍眼樹，每次騎車經過總會自問自答今年有沒有結果；比如落單於河堤邊的老土樣，與它年代相近的樹欉都因河床修築堤防作古，它成了現場僅存的見證，它也有話要說吧。比如芭樂園裡頭獨一無二的紅心芭樂，因為發現母親竟可在複製貼上一般的芭樂園海，一眼認出紅芭樂，身在田中的我慚愧臉紅更勝它的果肉。

我知道自己正在經驗什麼叫做創作，什麼叫做想像，什麼叫做名狀不可名狀，實寫與虛寫，劃界與邊界……等等這些話題；而我更在意的是自己的故事如何在新媒體的世代找到它的新文體並從中形成新美學。

那個始終難以抵達的，那個可遇不可求的，那個雖不能至但心生想望的書寫宏願持續悶著燒著。我有大願望也有大書寫，一瞬間就要地火勾動天雷，還下太陽雨。我沒有遺忘自己還有許願的能力。許一個具體又切身的願望原來很難，但我會持續爬著敲著寫著。

一系列小面積大面積的地號書寫引領我走至荒郊野外，一邊索求於記憶，一邊親身的履踐，我仍在記憶與踐履之間不停歧出，而臺南的陽光依然盛大，水情並不穩定，烏雲持續身隨我的左右：在我眼前是新的故事疊合舊的故事，舊的故事又擴散至更舊的事。

今年初九拜天公，恰好人在臺南，或者是我刻意留了下來，心中有事想要對天講述。我所見識的家族祭祀，除了小叔結婚當年謝土謝神，最為搞剛、隆重的當屬每年過年拜天公了。子時啟動的祭拜活動，弄得鄰居集體熬夜晚睡，我家又是超大家族，開枝散葉卻也散居附近，歸排騎樓的親戚帶開，固定都是子時開拜。祖母掌家的年代，我們拜天公還分頂桌與下桌，頂桌就是八仙桌，平常收藏我家古厝，一年只須登場一次；拜天公較之平日祭祀難度高出太多，於我們而言卻是處處驚喜。印象中是晚現場我們跟前跟後，雖說幫不上忙，心中卻是佩服能夠記住供品內容與擺設位置的婆媽輩們。鄰居嬸婆偶爾忘記牲禮怎麼擺放，跑過來瞄一下我們的擺法，小小作弊一下；或者突然發現少了哪項基本供品，這時趕緊相借助陣，老天爺全都看在眼裡。

拜天公也是我們祭祀活動，少數還須點上蠟燭，燭臺也就一年登場一次，上頭總會殘存著去年蠟油。其他諸如麵線不能太早下，茶葉泡久會走味，淨香爐不斷電地燒下去，等待頂桌下桌安頓完成，大概就是十一點整，這時家人陸續集合客廳，開始換上球鞋，因為拖鞋有失莊重，祖母為此穿了包頭小鞋，有次我穿的是涼鞋，大家還在研究這樣到底ＯＫ不ＯＫ。拜天公畢竟是嚴肅的，領走各自的香枝，二爺或者祖母率隊，集體朝向馬路跪在客廳，不知為何其實感到有點詼諧，或者嚴肅的詼諧，拿著香枝的我根本什麼都忘了念。第一落香結束，有時我會特地騎車像是巡守隊伍，看到這家也跪那家也跪，子時的故鄉到處都是檀香氣味，雖是深夜但是心情感到無比靜定，平常不敢貿然闖入的夜路都能一騎再騎。第一落香結束，我們也會陸續上樓睡覺，留下二爺與祖母繼續第二第三落香，大約要到凌晨兩點，此起彼落響起鞭炮，等於宣告慶生活動圓滿落幕，一切才算大功告成。因為開拜時間並不一致，山區溪邊鞭炮聲響斷斷續續，一路放到天色轉亮，也有人早上才開始拜的。有時睡得太熟沒有聽到鞭炮；有時我會特地下樓幫忙收拾，因為時間實在太晚，供品暫先擱在客廳，隔天起床再做收拾。

祖母離世之後，一切祭祀從簡，拜天公從頂桌下桌濃縮成為一桌，也有不少家庭改成直接去臺南天壇祭祀，然而恭敬與虔誠的心情卻是沒有減色。今年晚上十點，我在騎樓忙進忙出，協助母親完成這年祭祀。從前拜天公全員到齊最多可以七人八人，今年只剩我們母子，但不妨礙我的興致。這時我才瞄到母親瞇眼手拿一張字紙，側身我看了過去，發現竟是一張供品擺設的手寫小抄，這張字紙我有印象呢。擱著手上正要端出的供品，坐在沙發細細研究起來。

這是一張日曆，時間清楚記載農曆正月初九，就是天公貝仔出生的大日，為什麼會留下這張紀錄？想來當時也是當心未來不知如何擺設，母親趕緊筆記匆匆畫了下來。印象中本來是我要負責抄下的，而且我還故作聰明寫了一個單字叫做TWO TABLE，並且忘記加S，我想表達需要兩張桌子，但不知如何描述頂桌下桌的意思。母親臨時畫下供品擺放的簡易圖式，在我眼中怎麼看都不簡易，卻是一份極其貴重家族史料，抄寫的母親當時正在思考什麼呢？或者基於一個更大的掛記，日曆時間提醒我這也是一九九九年，喔，多麼關鍵的一年，原來這是二十世紀祭拜天公的最後一次。二爺那時剛剛離開我家，再過半年我就小學畢業，曾祖母也在一九九九年十二月謝世的。這張意外留下的日曆先是失去作為日曆的功能，上頭祭祀的方法如今也已不再適用，此刻流傳來到我的手上的一九九九年農曆正月初九，究竟還剩下些什麼呢。

這時母親備妥祭品，我們各自拿起香枝，本在睡覺的父親突然也下來了。我們維持舊習慣換上外出鞋，父親母親已經開始拜了起來，而我自動默默跪了下來。

我在祈求什麼呢？心中並不十分清楚。因為儀式簡化的緣故，本該進行至深夜凌晨的儀式，一個小時之後我們就完成了。主要是其中一位鄰居提早收工，大家紛紛跟進說唉呀好了可以燒金紙了。燒金紙是會傳染的，或者大家也想睡了。我也騎車到處觀望祭祀進度，發現許多人家停止祭祀，繞了一圈感覺氣氛淡薄稀微，心中感受同樣難以細說。

實則距離上次留在臺南拜天公許多年了，有時正值寒假，有時剛剛開學，這年全程參與的我，最後拿著一串鞭炮來到馬路上，有頭有尾，初次施放鞭炮的我，聲響炸得睡意完全消散，以前鞭炮都是二爺負責施放，母親怕炮但也摀耳放過幾次，而今我在轟炸之中祈願一家永遠康健。

那日之後，我便將日曆紙取走，小心翼翼放入封夾，至今安安靜靜躺在我的書桌。寫作者是個逆天的人嗎？我喜歡當年母親手寫的心意，像是一種日記，二十年前她已留下文章伏筆。讓我的天公故事可以這樣開始，可以這樣結束。

我的書寫只會越來越風格化，自己的舞臺自己搭，自己的鞭炮自己放，而眼前條條大路通向自我，同時通向一個理想的所在，那會是天公地嗎？或是下洲尾、花窯頂。我仍然固執且願意不停覆述：這塊土地多麼讓人寶愛，過去三十年臺灣是個有進步的生命共同體。而所謂語言，以及語言的精準，已不單以文字自身作為衡量的試劑，於我來說更是聽的問題。你聽得夠不夠多呢？說故事其實與聽故事同等重要，而你如何根據有限字彙去描述無限世界，並在其中學會與文字符號安然共處，上下文的，感官式的，ＩＰ式的讀法。二十一世紀的當下此刻更加吸引著我。

那日，突發奇想，我就行車前往了天公地，知道近年田地免費租賃給鄰田，天公地的鄰地也是天公地吧。聽說種得有聲有色，田主固定每年夏秋送來他們收成的果實當成田租，今年是一箱自種的金煌與一箱私購的火龍果。騎到一半突然想起此去天公之地，如果遇到田主是否就太冒昧了呢，再說田主從沒看過我，我也不識得他，意外遭逢反倒像是我誤闖了人家。我是什麼資格說這地是我的呢。於是直直騎過天公地路段，往深邃內山平埔聚落去見。道路兩旁盡是網室木瓜，想起我在大內國小即已習得的詞彙：心地。天公若是也有心地之人。我相信祂一定是個心地善良的人。

地號

花窯頂

最主要的原因是通往花窯頂得走過他人的私有地，這麼多年來前去的路徑總是不固定，也就無法判斷到底它有幾個路口。

也是因得經過他人私有地，每次出發我總是膽顫心驚，個性上並不喜歡打擾他人的我，更何況要例行性地踩踏他人土地。

花窯頂的位置鄰近產業道路，早年砂石產業十分盛行，我有不少同學爸爸就在走砂石車，進入花窯頂第一個入口，就是一座砂石場地。我們種田總是習慣把農用機車停在這處，徒步往上爬至花窯頂。

名之為頂，想當然是個小高地，所以每條通口最後都得攀坡而上——這是一塊高過於地面幹道的兩分地。然堆疊地砂石也像一座小山，有時高度甚至越過花窯頂，有時量低幾乎剩下一片沙地，讓人不能分辨這塊地到底算高還算低。

至於花窯總讓人聯想是否曾經燒窯，問遍家中大小沒人給出回覆，我只能聽聲辨字，好不客氣地給它選了美美的花窯二字——我要告訴你的是地誌文獻都沒有的故事，我的花窯故事虛擬實境獨家說給你聽。

如果行車離開大內，經過幹道往省道方向駛去，花窯頂在你右手邊，遠遠看去就像隱沒在一片竹子森林。

曾祖母歸葬花窯頂於世紀交替之際。我們從喪家徒步送葬來到花窯頂落壙，當時走的已是一片胡麻草原而非砂石場地。發引前日有人問起說地主同意讓曾祖母棺木經過他家，同時我也聽到說這對地主也是一種福氣。

千禧年的第一場葬禮多麼福氣，於我性命而言亦是全新的世紀。

關於花窯頂的記憶其實相當薄弱，名之是在農村野生長大的我，至今都無法確定自己對於農作是否嫻熟，我不知這地這樹這故事的所來，身在其中的我亦不知一切的所去。花窯頂到底拋荒多久了呢？我想至少二十年有。曾祖母埋葬之前已經沒在種作。可以任憑一塊土地荒廢二十餘載，這些現象於我也是相當神奇。何況除了花窯頂，還有田仔、天公地、小西仔尾。

我的花窯頂記憶應該就是酪梨園記憶。麻竹林密密圈起的酪梨樹木，曾是務農的祖母最為貴重的經濟收入。然從小就喝酪梨牛奶、吃酪梨切丁沾醬油長大的我，其實不曾真正進入酪梨的故事。

酪梨故事什麼呢？記得每到收成時節，經常傳來誰家酪梨又被偷挽的消息。一時間驚天動地播送在鄉境。有次也種酪梨的嬸婆，突發奇想夜巡她的果園，剛好就與偷果賊撞個正著。根據她的描述，說是她的機車對方轎車在全無光線的山路追逐，因視線不明看不清車牌，最後趕緊氣喘吁吁狂飆掉頭回家落人。那晚大家都衝到路邊，我也衝到路邊，圍著嬸婆打抱不平真正像是出了大事；我家的花窯頂沒有農舍，不能夜宿果園，於是商請砂石場的屋主幫我們多加留意，同時全家集思廣益，想出許多奇怪方法防賊：比如在花窯頂布置了一個蚊帳篷，為了營造有人生活的痕跡，弄來一張摺疊桌，桌上擺一瓶藥酒一包菸，這樣不夠，二爺還去牛墟市集買了一臺掌形收音機，裝置藝術般放它在無人酪梨園唱歌從白天到黑夜，希望能夠嚇跑毫沒天良的偷果賊。

不知偷果賊來過蚊帳前沒？或者來到蚊帳前的是蟲與獸。這是塊蚊子特多的田，我們習慣在家先行全身噴灑防蚊樟腦液再出門，防蚊自是上田首則須知，有時則將蚊香懸在身上，這造型多麼酷異，人在林中移動的身姿，就像披著一陣煙霧。蚊多大概就是從小被告誡少來花窯頂的緣故，真的都被叮怕了。據說阿嬤有回也是不發聲響，被蚊咬也只能忍著——她要二爺車子尚未來到砂石場就先熄火，然後獨自貓步偷偷摸摸走上來，好死不死就與一個打扮與她相同：斗笠、頭巾，包得只剩一對眼的婦女相逢酪梨樹下。酪梨樹下那女農手上沒有東西，肩上的帆布袋沉甸甸地。阿嬤問她行踏到我們殘地衝蝦密？女農說我來看看你們酪梨生得好無？當然生得好啊！阿嬤總不能去翻她的包包。最後仍是讓她走了。誰知帆布袋內藏的除了酪梨有沒有刀器。聽到這個故事我的脾胃總是揪得超緊，當面拆穿給人難看於我而言真是太難了。

第一次打工也是在花窯頂，當時父親在鄰里成立一支壘球隊，組織、設備相當陽春，所有器材都是就地取材，完全手作，他想要搭建一座讓球員練習揮棒的打擊區，也就是大魯閣的意思，空間已經找好就在另塊叫做大溝的文旦園——馬路邊好停車又不離鬧區太遠。打擊區怎麼搭建呢？父親計畫立起長竹當成支撐，之中牽起一面同事轉贈的漁網，長竹兩根是不夠的，要越多才穩固，於是我們兄弟都被動員前來幫忙。花窯頂周邊就生著一簇簇的麻竹，結實麻竹直直衝上天際，圓圓滿滿地繞著花窯頂，阿嬤負責砍竹，我與大哥負責扛著長竹，從花窯頂抄曲曲折折的小路來到大溝。

這真是我生命中極其貴重的一趟腳程。同樣走得心驚膽顫，沿途都是私人土地。我不知遇到地主該如何駁辯，只因九歲的我是擅闖他人地產；我也不知兩座果園竟然得以相通，或者只要肯走就有路可通？路線都是臨時規畫，而我還需扛著長達三公尺長的麻竹，拿捏前與後的距離，如此這般走入不知深不知遠不知東南西北的山區。

這是一段怎樣的路呢？現在想來，中年父親居然想在田中設計一座打擊區，而阿嬤是在滿足父親的童心。其實這路也是阿嬤提議，顯然曾經它是一條老路。年輕時兩塊田地一起耕作，十多年都是這樣走下來的。印象中先從花窯頂的西北方向滑個陡坡，如果花窯頂是最高層，那麼這處就是次高層，眼前種的都是與我身高相當的植栽，柳橙或者芭樂，看來像是還在耕作也像是已經停作。如果花窯頂都沒有腳路可行，這塊田地又從哪裡出入呢？次高層的一邊有座形貌清晰的小墳，跟我高祖母楊張擔的墳墓很像，想必皆是葬於日本時代，每次經過都加快步伐。這麼想著就直直下到地表，這時依稀可辨東邊一條小徑，如此規格的小徑在我家附近四處可見，小徑兩旁雜草形成拱狀，你知道反正直直走就對了！那時我的雙手握住長長的麻竹，麻竹與小徑平行，我的身形像是在上綜藝節目，畫面看起來有點滑稽。這段路程花費時間大概二十五分鐘，速度快一點十五分鐘也行，出口剛好接上產業道路。次次鑽出密徑我都鬆口大氣，返程因為兩手空空沿路拔腿狂奔，如此來來回回六七趟，一個早上賺了獎學金五百塊錢。

這條小徑還在。每次騎車經過都看它幾眼。連接兩座田園的這條私房路線，道路遊戲一般時常出現在我的夢境，它告訴我花窯頂過後就是大溝園，儘管地圖上它們位置離得很遠。也不曾想過多少年後文字竟會領我走一遍，而我仍是那個害怕擾人的少年嗎？一路寫來我也且頓且看，如同重見當年林中路上且快且慢的自己。

我想起花窯頂的地質是會發菇，也就是雷公菇。麻竹林、田埂上可以說是菇的熱點，夏季雷響過後，我常與父親各自穿上雨鞋，尋寶一般地來花窯頂找菇。偶爾也有陌生人以尋菇之名來過花窯頂——土裡自動冒出的雷公菇到底算誰的呢？口感極佳的雞肉絲菇是夏季餐桌詢問度最高的家常菜，花窯頂幾乎年年都發一簇簇的好菇。花窯頂能生酪梨也生菇，加上曾祖母得風水葬於此，果園墓園功能兼具的貴寶地，這些年來始終不曾消失於家族話題。

花窯頂真正雜草叢生以至無人聞問，大概是十年前曾祖母撿骨過後——廢園模樣的花窯頂如何與它的名字呼應呢？這時幾乎沒有通道可入，整個園區完全封死於竹林，而砂石場早已遷移，短暫拿來通行的胡麻草原進入私有狀態，我們根本不敢靠近，摘採雷公菇找不到路口，丟下酪梨樹麻竹林與蟲獸繼續在園中活動，其中還有一座因撿骨而碑崩棺露的曾祖母的墳頭。

納莉風災是主要原因，曾文溪洩洪導致下游大內地區汪洋一片，花窯頂雖是高地，卻因與河床不到五百公尺距離，曾祖母的墳墓首當其衝成為最大受災戶，當時我們懷疑至少半座墳墓會泡在水裡，也就擔心起了才剛落墳的新墳若是棺內進水該怎麼辦。然而曾祖母入土花窯頂，不正是因它的環境清幽傍水，看起來就是個好穴位。

這些年來家族陸續撿骨遷葬入塔，曾祖母也在我們名單之中，撿骨那年我念大四春天，準備北上臺大，走在大度山約農路上撥電話追蹤臺南進度，第一句就問到底有沒有爛光——你以為我要告訴你的又是關於蔭屍路或者吃子孫的故事，才不那麼制式化——父親電話那頭報告，確實骨頭有些殘肉，大致身軀已經爛完。爛不完的小細節執事者就在一旁火烤，基本上過程非常圓滿。如何叫我接受人瑞曾祖母生後會是微蔭屍呢？再說你沒事何必把她挖開來看，說不定過幾年她自動爛到剩下骸骨。

二十多年前一支浩浩蕩蕩送葬隊伍，徒步超過一個鐘頭來到花窯頂墓園。因著姑婆堅持棺木得用人扛，畫面因此更加懾人。我們幾乎都以為扛不動了，何況還要爬上花窯頂。聘來扛棺的都是鄉內男性耆老，一路波折體力耗損，好不容易終於來到胡廝草原，民俗陣頭都沒跟上去，但棺木要上去啊！登頂最後斜坡，人生最後一路——曾祖母是由一干男性子孫給護送上來的。生前四十公斤不到的她生後卻有千斤重，棺木好不容易歇在花窯頂等待入土，其中一個也扛棺的孫女婿說這是他的福氣。曾祖母的高貴棺木眼前不就刻雕一臉超大福字。這支送葬隊伍反覆出現在我的書寫之中，也不斷排列組合在後來的生命之中。我始終列在隊伍前頭執喪燈像是為這一家族照路。

深冬午後良辰吉時，我們在花窯頂埋掉人瑞曾祖母，這是中華民國八十九年一月的事。印象中只有牽亡歌仔跟到壙頭進行簡單表演，電子琴、布袋戲、唐三藏、孫悟空都沒上來；孝媳阿嬤腳路不便，是堂姊牽上來的，孝婿二爺當時不能走，乾脆坐在車上等待。等待良辰吉時，一百多人在兩分地自行解散，在已半閒置狀態的園區大家披麻戴孝找林蔭小歇息。

深冬午後我們披麻戴孝站在花窯頂，幾乎以為視野如果可以夠好，便得以看到曾文溪畔的菅芒草原。千禧年後我就開始走在送葬行伍同時也走在離鄉道途。新墳剛到據說花窯頂立刻枯死兩株酪梨樹。許多事物都從根本開始產生體質變化，我也漸漸發育成人。

你與我最後終究失散那支送葬隊伍。因而全體家族最後一次的會面就是在花窯頂墓園嗎？曾祖母棺木在工人合力之下緩緩放入早已掘好的洞穴。媽媽在一棵酪梨樹下掉下眼淚。在面容其實改變不大的鄉境村路，這些年來每次回家我都分不清楚這是不是當年送葬的路。這次又是誰的葬禮呢？千禧年跟隨曾祖母之後，伯公、姆婆、二爺及至阿嬤都是走在這條產業道路，而我一次次歸隊又一次次失散送葬隊伍。

千禧年後我就再也沒有久居大內，與我一起在此地度過童年的小學同學，如今都已成家立業，是不是只剩我滯留在原地。中學時期黎明校車準點行經幹道，花窯頂恰是銜接大內裡外的中介地，它送我迎我於日出日落之際。喜歡靠窗位置的我，車身經過花窯頂路段我總會自動清醒過來。
我知道不遠處麻竹林內曾經睡著一個正在腐爛的曾祖母。
沿校車窗框視線切過幹道直直深入這座麻竹林，我就得以看到曾祖母的墓。
我的心思為此日出日落都將登上花窯頂。我要燒出一篇又一篇關於花的故事。

文體——等高線創作課

匆匆北上趕到一所大學地理系演講，講到一半忽然想起國民學校六年級，有次自然課小作業是要求學生做出一座等高線地形圖，那位師專剛剛畢業的年輕老師，當下就著黑板作畫示範，並且提示我們，不妨就以自身生長的故鄉臺南作為對象，想像它的等高線或者疏密或者緩急：鞍部、河谷、湖泊等相關位置，試著將從小生活的臺南縣境變得立體，一層又一層，向上給它疊上去。師專老師是教學新人，聽說也剛完婚，新人新婚加上新的教法，作業聲明發出果然引起轟動，我們也都覺得相當有趣，師專老師還說就拿資源回收的廢棄紙批當作材料，聽起來彷彿環保而且非常容易。

我們的學校堪稱迷你，緊鄰曾文溪流域，校園稍微動靜，放課往往一下沿著溪水流向傳布鄰里，果然很快我們就在菜場市集聽聞家長互通小學生四處瘋找紙箱的緊急消息。你的父親跑去小報攤說要買瓦楞紙，誰知鄉下書店沒有此物，但老闆願意提供幾個包裝文具的箱子；你的母親跑去果菜市場要紙箱，這地方是熱點，聽說拿走不用錢，許多家長故而快車趕赴；其實我們知道紙張回收平日就有固定動線，我們兩家住的距離不遠，負責收拾的同樣一名阿婆，算算她是我的遠親，理應也要喊聲金箔，對啦就是嬸婆。因著小學生交作業的底限已然在望，一夜之間金箔竟然成了最無辜的受災戶，她在路上投訴無門，記得有次我們賊頭賊腦，直接跑去跟她要，順道說明這是為了功課。金箔說卡早老師攏無安呢教，這位甘是新來的？我們彼此對看一眼，笑了一下，心想老師是新來，而且非常緣投，接著你先講話：阿嬤做妳放心，功課做完了後，我再把全班作業搬來給妳回收。不然我跟老師說，他一定會答應啦。我在旁聽兩眼瞪大，心想你的臨場反應有夠好，但你現在說的是真的嗎？

當年路邊跟我金箔漫天說著、東西比畫的人，大概開啟了我對於嚮慕的某種想像。我們後來在等高線作業圖並沒有獲得太高分數，你還回嘴說是紙箱斷貨，無法盡情發揮，引起全班哄堂大笑，似乎大家也都深有同感。然而師專老師特別疼你，你的作業雖不高分卻被他留下並拿去他班展示，還說是否可以送他當成教材，結果下課你跑到辦公室忘記喊報告，喘沛沛就跟師專老師說，作業可不可送給撿回收的老阿婆。後來有沒有收送給她呢？我的故事講到一半，突然停住，臺下三十多雙眼睛金金亮著，我笑說你們怎麼比金箔更在乎作業的去處。瞬間哄堂大笑。

喔，其實我的等高線作業圖是學你的，自然天分並不敏銳的我，段考總在此科賠光分數，我且跟著你剪裁、描圖與黏貼，卻做出一個不僅廉價且更像回收的作業，我似乎有點氣餒，或者這份作業於我有特殊意義，以為我們看到的會是同一個臺南。於是默默偷偷地抽了回來，卻又扭捏想著要不要交走，一次一次去去回回。所以後來有沒有把作業當成回收連本帶利地送給金箔呢？我在地理系的臺上壓低聲音，對著學生講完答案：學生眼睛更金。這是祕密，噓，你們要替我守著。

地號

大溝

故事可以從父親精心布置在田中央的打擊練習區講起，故事也可以從文旦白柚的摘收講起，故事破口開題的方式太多種，出路大溝的腳路卻僅只唯一——大溝至今仍是最常到訪的田地，它就坐落產業道路一邊，太便利了，路邊有電桿亦有水表，有路有電又有水，簡直就是最佳疏散地帶避難之地，未來想要住下來其實也可以。

大溝亦是面目變化最為劇烈的田地之一，如今它是植滿歸年透冬皆能結果的芭樂田地，連帶前後左右地主紛紛吹起芭樂風，站在鳥舍頂處眼前盡是一面白茫茫芭樂海，白茫茫是指它的果袋，母親下班無事騎車前來看田，隨意給它包個兩三粒，自食買賣送人都可以。

大溝亦有一座鳥舍，鳥舍下方空間當作倉庫，從老家撤出的家具電器都原封不動移到這裡，連擺設方式都完全相同，像是複製貼上的小客廳，不知是否太多悶濕的緣故，或者眼前畫面太像我的小時候：一樣的皮革沙發，一樣的茶几組合，一樣的日曆掛鐘。我好像沒進來幾次，待一下就想走了。

大溝雖在路邊，其實田身甚為隱密，不如現在完全露出，主要是兩分大小的園區都是文旦白柚，比芭樂高也比芭樂密集。暑假結束之前，我們時常被動員來幫忙摘採，那時家裡沒有貨車，都是二爺的鐵牛幫忙；同樣沒有貨庫，一車車黃綠色文旦白柚，皆被送至當時尚未獻給媽祖廟地的三合院囤放。這裡想來也像臨時店面，不少販仔都被祖母親自領路徒步至此精挑細選。其實文旦白柚時常囤到逼近梁柱高度，直至白露仍有半間貨量沒賣出去，古厝因而鎮日空間充斥迎面撲鼻天然果香，像在暗示這棟百年建築仍能呼吸，它還可以。

我們的大溝鄰田就是伯公的田地，從前來到大溝總會忍不住比較一番，因著種的作物大同小異，伯公那邊的文旦白柚園區卻是特別整齊，實則不只大溝，西仔尾、港仔、烏來田仔都是一分為二，平常談論都會問候起了彼此的作物，推薦肥料使用，談話間不經意提到了柚子花開，無形之中都在互相照應，不是真正分得那麼清。

比如一起共用一座水池。水池就在大溝田地入口處，現在仍有一些遺跡，圓狀的水池上面覆蓋一張圓狀的遮光黑網，我不知道它的真正用處，只知道從小我就被警告水深勿近。水池一邊有座簡易寮仔，那種四根梁柱一面歪斜屋簷的建物，西北雨來時可以躲避三個人。曾經我和年紀大我十歲的堂哥們，一起蹲在地上挖小溝引池水當遊戲，那是唯一一次，協力製作一座方才出土的微型市鎮，像在一分為二的地表另闢蹊徑，滿手泥濘地打造共享的家園。

大我十歲的堂哥們後來都在城市成人，之後每次獨自回到大溝，走到簷面傾斜的寮舍，等候田裡忙著不知天地的祖母，我就會蹲在地上努力辨認當年軟土深掘的痕跡，當時我不知道水深勿近的故事還有續曲。

我們也共同豢養兩隻公的毛孩。一隻叫做黃仔。一隻叫做黑仔。我家站的樓厝也與伯公比鄰，平常固定餵養祂們的是姆婆，兩戶人家都在祂們看護範圍，為何在祂們眼中我們是一起的呢？記得兩隻毛孩也會跟著伯公上田，多遠都會跟出去。有時回程路途太長，伯公怕毛孩跑到腿軟，下車乾脆抱上鐵牛坐車回家，毛孩也乖乖坐了。有幅畫面至今仍在鄉里流傳——一臺載著老翁公婆的噗噗行走在產業道路，車前車後跟著沿路狂吠的毛孩，像是喝斥路邊各種看得見與看不見的。

我想起小學時期時常一人放學顧家，只要知道下午伯公與祖母分別要去的都是同座田地，機率最高的就是大溝，稍後我也會自行單車騎著前去會合，那時我擁有一臺黑色越野腳踏車，車至大溝路邊，從密密麻麻文旦白柚園衝出迎接我的就是滿身土漬的黃仔黑仔。

我為什麼堅持要來呢？車子停在水池一處，嘗試喊聲向祖母報備，同時聽到祖母來自田園深處的應答，於是縱身躍入林中尋找不知身在何處的她。兩隻毛孩並不與我同行，三方帶開在偏鄉午後並無人聲的祕境找事，常常繞了半天毛孩與我最後又在某棵樹前碰頭，彷彿還對視笑了一下，隨後又疏散進行自己發明的大地遊戲——這才是我真正認識大溝的契機。

不知為何記憶中果園內的我始終都在拔腿狂奔，兩分大小的田地格局十分方正，清晰可辨的田中小徑就只一條，田頭田尾來回跑一分鐘不到。站在自己的土地我是如此驚心膽跳，你是在怕什麼呢？怕蛇、怕跑不出這片文旦白柚森林，怕失去方向感於是走到了別人家的地——向來你總是要求公私分明。因著我的身形矮小，身手矯健，跑得特快於是沿途柚花被我打落，我也怕那位置就處在田邊的一門大墳。墳為果樹環環圍起，在並不十分透光的園內，我的眼角不管走到哪裡都能瞥見局部的墳身，離得越遠墳的形貌越清晰越立體。

林中野放中的我，總在某棵樹腳遇到正歇息的祖母，記憶中的她總是處於休息狀態，如今回想才知根本是做不動了。她從帆布袋內取出礦泉水瓶，成箱的礦泉水瓶向來都是二爺友情贊助。為什麼我也堅持要找到祖母呢？我不僅無法幫上任何的忙，我也不曾明白到底鎮日她在做什麼。祖孫兩人相對無言，於是我以祖母得以聽見的範圍為半徑，在大溝田裡鬼祟摸走。我的膽子遠不如兩隻毛孩，祂們四處挖坑翻土野到不見人影，我只敢在一定的安全範圍內看看——

於是看見舉行在週末假日的焢窯活動，人數奇少，就是母親與我，以及母親一位同樣嫁在附近的小學同窗，再加上她念外地學校的孩子。孩子剛剛轉學回大內，以致在鄉里沒有朋友，知曉此事的我恍惚以為這是聯誼活動，因此過程並不十分自在。我幾乎沒有和他說話，中途帶他至父親搭設的打擊區。我們手邊沒有鋁棒亦無壘球，地上的枯柴與ＮＧ的文旦就是鋁棒壘球。民國八十五六年的曾文溪邊，兩對母子在遮遮掩掩文旦園內生著火，地上鋪滿許多從家中回收的《民眾日報》，擺著外地早市買的生鮮食品。話題都是這位老同窗帶出來的，她年輕在國外住過好一陣子，後來在高雄開過小店，現在嫁到鄉村當起家管，言談中得以察覺她的適與不適。除了烤肉，同時我們想焢一隻雞，心中卻有許多擔心，窯已經挖好，擔心洞不深雞不熟；好不容易為鋁箔包裹的土雞安全降落，又擔心雞吃不完帶回家會冷掉。最後四人像是擔心被發現什麼，努力埋得地表離奇光整，看不出地下有雞在燜，邊笑邊說最後忘記埋在哪裡，撿了幾片枯葉意思一下做個記號。這洞前身分明黑仔黃仔傑作，而我彷彿就看見黑仔黃仔正在向我搖尾，祂們是否不懷好意就想把深埋的土雞挖出來呢。

我也看見一場水。水從四方流向田中也從田中流向四周。僅有一次園區舉行大放水，我們都被通知前來看顧。粗如小孩大腿的黑色水帶，平時曲曲折折散落田的各處，乍看像是廢棄物，其實作用可大了。當時我常以水帶為線索在林內走臺步，試著尋找水帶的所來與所去，其中一節水帶是否就會帶我通向那座大墳呢。這些水帶或者日曬龜裂，或者堵塞不通。為了這次放水祖母提前幾日前來場布。為什麼水管不用沒有妥善收拾？答案相當簡單，祖母一人做不過來，除了水帶，田裡也能看見隨地擱置的農具：隱沒在柴堆中的鋤頭、誘引蜂叮設置的各種陷阱，不能用的可以用的通通堆疊在一起。記得放水那天我的工作是負責巡視水帶接頭是否脫落，有時順手移動水帶位置，讓水流皆能適切通往各株文旦白柚。一時之間我們的果園換上濾鏡一般成了水田，水深大約來到我的腳踝，所有的落葉都漂浮了起來，所有的落葉都黏在我的腿肚。那天想必伯公也在隔壁工作，所以黃仔黑仔都來了，但凡水帶爆開之處往往形成微型水柱，於是我就能聽到黑仔黃仔叫得格外興奮，祂們像是田中送水系統的某種警報裝置，通知在不同樹下的誰趕緊前來處理，這人通常也是我，只因這是我們之間的獨有語言。放水故事唯此一回。不敢問以前有沒有，以後確定是沒有。我們全家大小在水中潦來潦去，真正才像是走進了大溝，記憶中可不曾如此親密。

大溝的名稱也是我們自己私擬的，只因附近真正有條水溝，怪的是它是長在地面的排水設施，也就是人車得以行走其中，排水溝都是灰白色的，因為罕為人至所以看不出年代遠近。我曾偶然騎過一次，坑坑疤疤的地面水路，始終給我一種錯覺，像是走在乾掉且劣質的修正液表層。後來我才知道許多平日在走的鄉間產業道路，其實前身都是大條水溝，溝渠只是覆蓋在柏油路下，也就聽不見什麼淙淙流水音效。八八水災那年，曾文水庫洩洪，加上連日超大豪雨，曾文溪潰堤導致溪邊聚落遭逢水難，距離河床地有段距離的大溝，竟也整片園區泡在水裡——所有植栽全死半死，那時大溝早已進入拋荒階段，祖母不再插手農事，但她每年某日依然備妥祭品至大溝田頭祭祀，進行著從小到大最讓我不解的儀式：地上鋪著同樣從家裡帶來的《民眾日報》，擺上印象中就是孔雀餅乾四菓香燭，謝天謝地地拜了起來——

實則仍在耕作收成中的田地都有一款屬於祖母的大地祭祀遊戲。通常就是選擇田地附近的萬善堂、有應公廟為對象，每年應公貝仔誕辰，我們就得不停趕攤：西仔尾的小廟仔、下州尾的小廟仔，我都有跟過，想來真是不可思議。八八水災間接導致父親重新接手大溝田地，將文旦白柚換成了每季都能收成的珍珠芭樂。大溝進入了它的芭樂時期。這才讓我想起來到大溝祭祀的工作已經自動暫停，而田頭舊址消失入口易位，寮仔與水池皆不復見，黑仔黃仔同樣不見蹤影。

因此故事不妨便從田頭這方水池講起。聽說那日伯公又來到大溝，黑仔黃仔也跟來了，我想像祂們四處挖土，玩得全身土漬；同樣又與鄰近毛孩咬成一團。如果我在田地，定能聽到祂們嬉鬧，以此判斷祂們遠近。伯公一做就是整個下午，加上他的耳朵不太靈光，身在田中的他看起來最專注最投入。他正努力檢查文旦樹的蛀蟲，留意柚花的生姿，也就不會知道毛孩到底去了哪裡。那日傍晚收工回家，伯公對著四方天地發出訊號，通知東南西北方的兩位毛孩收心歸隊，卻遲遲不見祂們應答。這時隱隱約約聽到田頭傳來急切吠聲，於是來到池邊看到黃仔在簡易寮仔原地打轉不止。我想像黃仔已經轉了一個下午，四肢早已略顯無力。伯公凝神一愣，才注意少了一隻。這時一個眼角掃到，本有遮光網隔著的池面早已破了大洞，遮光網真正目是用來防止池水氧化，自自然然就形成了一面黑顏色。誰知竟會讓黑仔因此失足踩空呢。伯公說黑仔半邊身軀泡在其實不深的水裡，半邊身軀捲在遮光黑網，讓人不敢看也看不清。我不知道伯公後來如何將黑仔打撈上來，也不知道後來黑仔是否就地埋葬大溝，他甚至沒有告訴大家一隻毛孩沒了，獨自守著這個祕密直至我們問起。黑仔勢必有過掙扎，祂是渴了想要喝水嗎？黃仔定也努力咆哮，伯公重聽因而沒有聽見，黃仔又是如何睜眼看著黑仔逐漸流失最後一股力氣呢。

黃仔是民國八十二三年來偎在我家的，當時父親也在鄉里組織一支慢速壘球隊伍，因而自購了許多壘包，賽事結束攜帶回家，層層堆在騎樓於是成了冬日浪浪最好的睡臥……

黑仔也是在黃仔之後抵達我家。其實本來有人飼養，偶然經過就停下來了，她的主人曾經趨車將祂接回，記得我還躲在門邊偷偷看著，未料祂又執意脫身而出，也就這樣住下來了……

多少年後大溝視野終於大開，我也漸漸醒了過來。不見邊際珍珠芭樂樹海來到你的眼前，眼前的畫面早已不是容易迷失其中的文旦園白柚園。歡迎來到二十一世紀。無名大墳被撿骨，原地種起經年結果開花的樹。黃仔黑仔已經不在。

大溝是我家少數仍在耕作的老田地。近來冬季不知緣故，總會定時生出名之為黑甜仔的野菜，我們都稱呼它黑點點菜，因為聽起來比較可愛。這些野菜是祖母生前最愛，也是許多家庭熱門的家常菜色，如今地衣一般從田頭爬到田尾，春節初二乾脆全家帶隊前來摘菜，由於面積實在驚人，還相約來年邀請鄰居前來團摘。

暖冬午後得以在田享受摘採野菜的農家樂，不知為何我有一股想哭的衝動，上田不曾如此有趣，真正比放水的記憶親暱。我們家的生活確實改善許多。上一輩、上上一輩是完全苦過。我漸漸得以靜定看待這些田那些田的故事，而眼前正是大溝的現在式。我們同時想到祖母。祖母一輩在過去十年內相繼離開人世。人不在了結果田還在，我知道未來我會不在田地卻會在；烏舍絕對不可以在，遠方丘陵則將一定在。

大溝的黃昏，近來天上出現私人滑翔翼飛行物。我喜歡站在芭樂樹邊與黑點點菜為伍，彷彿就讓自己成為空拍航行畫面中的一枚小點。飛行物嗡嗡作響，廟口廣播同時不停信號來回撞擊山壁。這時我聽見田頭出現車聲人聲孩笑聲。我要趕緊找棵矮樹躲起來，看看這麼晚是誰來了。

收成——

青菓市的故事

這間臨時廁所我有印象。這支大頭電扇我也記得。這座公用電話換了位置。這片水泥地從前有家羊肉攤。這裡時常停著拖板車、聯結車、遊覽車。這些事是不是只剩我記得？

六月中旬騎車經過青菓市，發現已經開市，特地繞了進去。也許買氣尚在醞釀，加上攤販不算多，意外闖入的我立刻引起攤販的注意。我連忙催促油門，只想加速逃離，害怕被錯認是前來買果子的人客。

至少十年我不曾細看青菓市。上次前來是參加親戚婚宴，席開近百桌，還有桌次分布圖與號碼牌，我和母親為了找位置耗掉二十分鐘。休市期間的青菓市是功能多元的空地：造勢活動、中秋晚會、告別式都在這裡，可以說是鄉民依賴甚深的公共空間。我記得小學戶外教學，十多輛遊覽車也會先集中停在青菓市；熱鬧時是陣頭轎班的休息站，載送神轎的貨車全在此地待轉，所以青菓市也是一座大型停車場。

上上次前來，應該是和母親買紙箱吧！論斤重的紙箱，我永遠分不清它的差別，但我很喜歡紙箱外頭繪製的水果圖騰，以及依著地名寫「大內柳丁」、「關廟鳳梨」、「玉井芒果」，一鄉鎮一物產的地理課，我的水果地圖學。那天我們是準備宅配自種酪梨給北部的老師，印象中也是暑假開始的六七月，買的卻是芒果專用的紙箱，前後停不到十分鐘就走了。

青菓市我並不陌生，路過我都會騎進來看它幾眼。多年來青菓市空間規畫與動線設計沒太多改變，縣市合併過後的招牌還沒改，區域名稱仍是以鄉為單位，原來它的全名是叫「大內鄉公共造產青果集貨場」，白底黑字的手寫風格，像我小學教師的黑板字端正又扎實，也像市集賣的果子飽滿而有派頭。我以前都會盯著屋上的字串看上老半天，反覆思索為什麼「公共」二字要塞在同一個圓盤？也曾以為公上共下的組合也是一個漢字，還回家翻了字典。這次突然就懂了：應該是為了外觀齊整吧？就像屋下每箱愛文金煌都是細心撿點，體面！好看！每箱都暗藏莊稼人手作美勞的智慧。

小學六年級前的每個暑假我都來，陪著我的阿嬤來賣果子。當時阿嬤不太能做，前往深山林內的田都需勞煩家人接送，也不太能走了，農事交接給剛滿四十的父親，每年收成水果像在驗收成績。我想應該是不錯的。我家習慣產量大的委由大盤接收，零星才到青菓市販售。這個人通常就是我的阿嬤，買賣的錢也是阿嬤的零用錢。

我家沒出過做生意的人，一切邊做邊學。通常是二爺先將裝箱的果子載到集散地，同時阿嬤與我從家裡開始步行，走到哪算哪，二爺再回頭攔截，把我們車去青菓市。接著我們祖孫在市集內找尋理想的位置。什麼是理想的位置？基本上青菓市的動線分明，中間一條走道，各路賣家挨坐兩側面對面，加上大家賣得差不多，我就挑電扇能吹到的地方，不料青菓市電扇是高空扇，根本吹不到，後來自備選舉用的小扇子；入口處應該是理想的位置？我發現阿嬤喜歡中間偏後的地段，喜歡一人守候她的成果。這時我就遞上從家裡帶去的小矮凳，阿嬤坐久腰椎盤會痛，就改拿有靠背的海灘椅，記得是粉紅色的，家裡還有幾張。我哥剛參加國二童軍露營，拎回一張小型摺疊椅，我就坐摺疊椅。印象是帆布材質，黃色的。這樣我們祖孫的叫賣圖示就完成了。

我家是小本生意，一次只賣兩三箱，種類隨季節改變，依序是芒果、荔枝、酪梨、龍眼。雷公菇與破布子不算水果卻也是當季的，阿嬤留著自己做食材，剩產才裝出來賣。最好賣的是酪梨與破布子，經常落坐就有販仔來聞問，這是運氣好的；運氣不好坐半天都沒人，原箱不動載回家，很喪志。大概阿嬤不擅長叫賣，總有人靠近才開始兜售，她的聲音很幼嫩：來喔！來看覓！一斤十五！一斤十五。我心想這位阿桑你嘛卡大聲耶，我都快聽不到了！可以肯定的是，當時青菓市集人潮比較多，週末假日偶有塞車奇景；買氣冷淡時一有車輛駛入廣場，總是瞬間攝走大家的目光，如同今年六月意外路過的我。也常遇到午後雷陣雨呢，封閉的菓市，為暴雨困住的果販們，無處打發時間，這時只好各自頓龜，瞇一下。

黏黐黐南臺灣的午後，我們祖孫在並無光照的集貨場，等待每一個突然到來的外地人客、山區隱隱然一場將落未落的西北雨，四周暗得更暗，烏得更烏；我們被包裹在層層疊起的果香之中：土芒果香、愛文香、金煌香，衣裝都漂浮天然樣仔香水，這三類是我心中芒果的基本款，現在品種多了，分不清。我也看到排水溝的芒果屍體、酪梨屍體，它們或者曬傷靠傷，或者脫隊滾了出來，地面上的荔枝殼與龍眼籽，驅趕不完的大頭蠅，空氣是酸的也是甜的。

青菓市的氣味、聲音、影像漸漸立體起來……像那間臨時廁所。尚未改建時也有一群驅趕不完的大頭蠅，可能就是同一群，我一邊尿一邊躲。有次我騎腳踏車來探班，順路幫阿嬤買杯手搖綠茶，我自己買杯香檳葡萄。阿嬤沒喝就說要去便所，說她忍很久了。我才意識到，攤販都以老大人為主，如果一人顧攤又頻尿是該怎麼辦？當時現場只剩我顧著，一有客人經過，我就坐立難安，結果真有對夫妻過來試探價格。我該把他們留住，卻說阿嬤放尿很快轉來，夫妻立刻被對面攤販拉走，阿嬤轉來了，像犯了錯的我一句話都不敢講。

像那座公用電話。有次我在家接到阿嬤打回來的電話，希望有人載她回家，說坐歸下晡，不賣了，想回家煮飯！她的口氣有點懊惱，說放棄真的很難！不巧西北雨落來，雨勢大得離奇，雷公閃電又急又快，我幾乎聽不到她的說話。父親的轎車不在家，二爺又無法冒雨前往，再說還有好幾箱賣不出去的水果。阿嬤當時用的就是我眼前這臺投幣式公用電話吧！我從來沒有阿嬤打電話回家的記憶，只因她總是在家接電話，很少有事相求。她的聲音聽來特別遙遠，即使我家離青菓市只要十五分鐘腳程。

再像那消失的羊肉攤，是我同學的媽媽開的，生意好得不得了，除了賣給市集的果販，也是附近居民中晝頓的選項。二爺以前常騎車來買一份空心菜炒羊肉；還有一間刨冰攤，我常顧到一半來幫阿嬤買子啊冰，也就是愛玉冰，趴在櫃檯前注視各色粉條與大小珍珠，才知道珍珠不是只能和奶茶搭配，它也可以放在剉冰內。還有一臺流動黑輪米血車，抵達青菓市約是下午三點半，我常去買兩支沾滿油膏的米血，那種很原始的、不規則四邊形的米血，上頭白色點點特別突出，順便開口要一大袋高湯，那袋高湯很燙舌，要用吸管慢慢吸。青菓市集附近的飲食圈，向我述說著曾經有過的繁景，現在它是一片水泥地。

最後像那大頭電扇，掛在半空中，長得異形模樣。有陣子小學同學約在青菓市玩捉迷藏，這裡空曠並無遮蔽，根本無處藏躲。印象中是柳丁收成季，有人匿在柳丁堆，有人塞進紙箱內，有人爬到貨櫃車駕駛座。一次我當鬼，遲遲抓不到同學，一個都沒有，懷疑被大家放鴿子，正想放牛吃草，忽然天上傳來笑聲，原來他們沿著大頭電扇旁的鐵桿，蜘蛛人般攀了上去，剛好被我一網打盡。那是我最野的時候，全鄉跑透透，其實心裡只是在尋找一大片空地，寬得更寬，國小操場不能滿足我們，鄉民活動空間又少，直至有個同學被清果機捲到了手，我們才轉移陣地。

我在青菓市遇見十多年前的自己，以及當時市集內的阿公阿嬤，這些終生務農的莊稼人，我怎麼可能忘記？而我是不是失去了野生野長的超能力？我為什麼如此抗拒回到終將歸於名下的田。那些拋荒的地、無人看顧，卻年年開花生果的樹，是不是也在看著我。從前臺南縣是農業縣，大內以務農為主，六七八月是全鄉的收成月更是勞動月，我家忙到平日都穿農用雨鞋在客廳走動，浴室地磚永遠有刷洗不完的泥漬。我什麼時候才能回來，回來指認每一棵樹、每一座水塔、每一間外觀巧小的農舍。六七八月的青菓市多像年度成果展，它展示農作物如何從產地到市集的製作過程，同時為我上演最是生猛最為在地的庶民文化，氣味的，聲音的，影像的。

顧攤難免無聊，我擁有一臺電動玩具專玩魔術方塊打發時間，玩累我就在市集內四處蛇。當時最好奇的不是別家的芒果多大多紅，而是裝箱的方式，用現在的話解釋就是「形式」。農家普遍使用紙箱，它的缺點是只見表層，內邊裝好的壞的全靠良心；網狀塑膠籃能一眼透視內在，外觀以黑色白色居多，長大後有次看到居然有出馬卡龍色，很想買回家收藏；也有裝在竹籃，竹籃很明顯是吃流水席帶回家的，回收利用來裝水果，方便顧客直接提上車。我覺得最有趣的是用臉盆、盤子裝的，通常都放黑斑土芒果，大小形狀一如雞蛋，有個品種就叫雞蛋芒果，一粒粒擺在印有龍鳳和鳴的紅色盤仔，七八月也是普渡月，感覺可以直接端去拜拜。

裝箱形式很重要，裝點方式也充滿技巧、全是學問。簡單說就是要擺得好看！有水！我記得難度最高的是龍眼，這工作是阿公包辦。剛從田裡收回的龍眼先是集中在騎樓，有時連田的四腳蛇也會跟回家，接著阿嬤一邊剪萎一邊揀選，齊齊整整堆疊在門邊，阿公再一把把等量等重從下往上疊。箱子用的是黑色塑膠籃，這涉及整臺龍眼穩固的大問題，也牽涉外觀的好看度，所以不能堆太高會歪掉，但賣相尖尖就是賞心悅目。阿公像在玩疊疊樂遊戲，我和鄰居圍觀著，就怕它倒下來！最後一個步驟很可愛，頂端添加幾片枝葉當蒂頭做裝飾，一臺臺龍眼擺在騎樓也有藝術品氣勢，置頂的龍眼向四面八方垂掛，看起來像還在抽長與發育，像還生在樹枝纍纍結實的樣子。

以後閱讀臺灣文學作品，特別喜歡關注果物的描寫。果物描寫就是時間描寫、土地描寫。龍瑛宗是文學界水果大王，他寫過木瓜、蓮霧、荔枝，最引起我注意的是他的〈青天白日旗〉，文章背景時間約就是八月吧！這篇試圖捕捉戰後初期特殊時空的文藝作品竟有影音錄像的功能，重現其時臺灣庶民世界的表情。龍喜歡「表情」這詞彙，戰爭讓人的知覺改變，看起來都不太一樣了！只是作為土地原有的果物，歷經政權的更迭，樹是樹，花是花，又有什麼變化呢？我從〈青天白日旗〉瞥見一九四五年後臺灣市街的表情，我相信日本戰敗的那個夏天，路上到處都是荔枝與龍眼。

另一個常寫果物的是阿兵哥楊喚。時間點也在戰後初期，不知道楊喚抵臺是不是夏天，他寫〈水果們的約會〉、〈美麗島〉等詩作，大量召喚熱帶島嶼的風土物產用以呈現臺灣風景，楊喚在臺灣頭本詩集就叫做《風景》。我記得〈犁〉把甘蔗比做隊伍、稻米是彈粒，鳳梨是地雷，為什麼是水果？龍與楊在社會秩序仍在重整的戰後初期，憑藉物產指認時間空間，從而梳理自我與臺灣、世界的座標象限，我閱讀他們的果物書寫一如嘗盡歷史滋味，不管是酸還是甜，卻都是新生的滋味。

其實不愉快的記憶是有的。這件事是不是也剩我記得？一個暑假下午和阿嬤顧攤，賣到只剩一箱愛文，本打算收攤回家，這時來了一對夫妻。我們的愛文用紙箱裝，夫妻檔有意喊價，卻懷疑我們底層埋藏劣質果實，希望現場拆封檢查。我很想插嘴，只因夫妻檔拆了看了不想買，這下該怎麼辦？阿嬤是粗魯人，不會裝箱；阿嬤也是古意人，立刻就答應現場拆箱了。她從來不是會抵抗的人，一生學不會拒絕他人，她是逆來順受成了性地，我在旁緊張得要命。結果拆箱後顆顆品質保證，其中幾粒稍有黑斑讓我怕了一下，怕什麼呢！看著滿地散落的愛文、拆壞的膠帶與皺褶的報紙，我的心情有點難受，卻不知哪裡難受。這時夫妻檔開始殺價了，阿嬤大概覺得受到欺侮，沒有給出問價餘地，只說句不賣，留下來普渡用，然後命令我打電話叫二爺來載。夫妻檔被嚇得直說用原價買，也不用裝箱要直接抱上車。雙方陷入僵局，最後鼻子摸摸走了。

我覺得呼吸難受，從此害怕聽到封箱膠帶的聲音，青菓市故事也停止於此，之後關於青菓市的鏡頭都模模糊糊，像路過機車騎士，視線是水平、流動，也是不完整的。但我明白有天終將摩托車熄火，學習重新走向青菓市，並找回當年蹲姿的自己。

會不會就是明天呢。當我途經臨時廁所、公用電話、水泥空地，這裡仍是停滿拖板車、遊覽車、大臺南公車；這裡果販比較少了，他們也許就要開口向我兜售，富閔你千萬不要緊張，其中一個造型酷似當年的阿嬤，她戴著斗笠，綁著頭巾，僅只露出一對眼睛，我才想起她生性害羞，不擅長群聚活動。

可能也不用明天，就是現在。今年盛產酪梨分送不完，我和母親約好，乾脆裝箱來去青菓市賣。聽說今年價格好。我們在騎樓細心將酪梨裝箱，一開始裝不穩，一試再試，白色網狀塑膠箱，從下而上堆成環狀，這樣才能穩固，堆得像爌窯土堆，像祝壽桃塔，看起來多麼吉祥。以前和阿嬤賣酪梨都不用等，阿嬤不在，現在只剩我有做生意的經驗。我會負責扛著一箱酪梨，母親隨後拎著兩張矮凳，一起走進集貨場。在一個中間偏後的位置，一個光照不多的暗處，我們交換眼神，穩穩、緩緩坐了下來。

農暇——
落南

一座全校師生不過百餘人的大內國民小學、一間搭建在幼稚園二樓的小禮堂、一場兒童卡拉OK大賽正悄悄進行……

二十世紀倒數十年，民國八十四五年，明明是自由選曲歌唱比賽，奇怪臺上年幼參賽者挑的曲目不是〈車站〉就是〈新鴛鴦蝴蝶夢〉，那是當年風行全臺的國臺語流行歌，連老師都跟著數拍搖擺。小學二年級的我席地而坐，看著臺上同學面容哀怨扯著手勢，活脫一尊尊布袋戲玩偶，童音與哭腔的混合音，總是引起全校集體大合唱。偏鄉學童的超齡演出，卻也懂得一些情緒：離別的、愛情的、人世間的。禮堂內時而車站時而鴛鴦蝴蝶，我是不是聽出弦外之音呢。忽然〈車站〉的前奏又來了，掌聲與歡呼錯落，下一位參賽者穿上蓬蓬裙登登登上舞臺，我才想聽個仔細，這時有人文文笑著向我走來。

清晨薄霧中的善化火車頭你們走來——每年暑假，阿嬤阿公固定一箱龍眼、一箱芒果，帶著我和大哥，搭乘現已罕見的普通號到高雄探望大姑，大姑鐵工廠歸年透冬地忙碌，母女近乎一年見一次，能帶多少就帶多少，這裡有一個老母親對出嫁大女兒的溺愛，大姑當時都四十多了。印象中兩箱水果先託住家隔壁開車行的阿伯載到車頭，我們再從大內出發，四個人擠滿一臺鈴木摩托車，阿嬤的左右手還各提一只帆布袋，裝著她私釀的各種醬菜。民國八十四五年，我小學三四年級，阿公身體十分勇健，小他五歲的阿嬤已不太能走，善化車站因是島式月臺，得行經地下道才能抵達對岸，我記得阿嬤都貼著牆壁，扶著把手，我和大哥喜歡衝到最地底大喊：阿嬤快點，阿嬤快下來啊！聲音來回撞擊在地下道，穿上套裝的阿嬤其實走得很苦，她的碎花套裝一年也只穿一次，出門前些天特別去給人洗頭毛，別人問起就說：欲來去看阮查某子。雙手泡沫的頭家娘慢了半拍卻說：我攏無知妳擱有一個查某子。

從偏鄉出發，二十世紀末最後十年的任何一趟小旅行都是大工程，可能兩老兩小的組合實在太醒目，有次善化站長攔下我們，他一肩扛起兩箱水果，直接穿越軌道，指揮我們四口尾隨在後，那是我初次站在鐵軌，有一點點軟腳的感覺，且明知南北方向不會有火車開來，一顆頭仍是左右張望，看上去就像是逃難的樣子。

逃難的祖孫坐著落南的普通號，阿公永遠是我們的指南針與方向盤，一切事宜由他包辦。我是學會講「上北落南」，才懂得什麼是北上南下，買票阿公都講「拍票」，誤點則是「慢分」。我們一年也才搭一次火車，那時南科站尚未誕生，善化之後就是新市，善化新市段兩邊仍有一口口魚塭，現在是房地產建案，我總幻想其中一間將來是我落南的新屋；新市永康段因與省道平行，鐵道與省道之間生著一排高低起伏鐵皮屋，鐵皮屋內經營連鎖檳榔攤與小吃部，火車上的我和大哥都自以為在和省道上的小轎車競速；那時也沒有大橋，過了永康，看到一棟高大的黃色建物就是臺南，多年後我才知道黃色建物就是成大宿舍，那時我連發出成大兩音都感到羞赧，家裡從沒出會讀書的孩子，我能念但信心嚴重不足，每次普通號停靠臺南站，阿公就說成大是臺南上好的學校，聽到這話，車廂跑跳的大哥趕緊歸位，我也快速靜定坐好，像看到查票的列車長走了進來，車廂一時安靜下來。

那些年我們只搭普通號，落漆的寶藍色的車廂，克難的車廂，是我發現座椅可以旋轉的，吵著要四人相視而坐，就像電視廣告演的劇齣，只差沒提一箱孔雀乖乖桶。我選擇跟阿嬤坐一起，大哥和阿公坐對面，其實看久了有點不好意思，這般親暱的舉動在家不曾發生，何況阿公阿嬤也不是真正的夫妻。

那些年普通號固定會在臺南站與莒光自強號會車，一等就是半個鐘頭，多麼奢侈的三十分鐘，像為我開啟一扇認識臺南的窗口，真的是窗口，趴在窗臺極盡能力想像臺南的聲音、顏色、氣味、形狀，這樣回家也能告訴鄰居我到過臺南了——

臺南的形狀是普通號車廂的窗框，以及拱門狀的出入口，車廂與月臺形成的天際線，密密麻麻的人潮，如果車廂位置恰好在剪票口，可以看到一點站前圓環，圓的、方的、不規則的，我的幾何數學課；臺南的氣味是月臺福利社燒滾的茶葉蛋香，那也是我第一次聽到茶葉蛋三字，鄉下沒有便利超商，我只吃過麵攤的滷蛋，包得很緊的皮蛋，以及黑嚕嚕的鐵蛋，我們想吃都不敢下車，害怕火車突然啟動，阿公禁不起我們兄弟吵鬧，一邊掏口袋一邊小跑步，火速買了茶葉蛋，擔心吃蛋黃嘴巴太乾，多買鋁箔包裝的生活綠茶，我們趴在窗臺神經繃得超緊，阿嬤也拉長脖子張望，就怕阿公回不來，那就害了；臺南的聲音則是吉米的聲音，吉米？有年普通號再度暫停臺南站，窗口恰恰對準一支鐵欄杆，有個外國人正在使用電話卡式公用電話，那時我著迷中華職棒，最愛味全龍，味全龍有個白人洋將就叫吉米，大哥騙我說那人是吉米，我相信了，誰也拉不住我，立刻趴到窗臺大叫吉米！大眼金髮後背包的他真的看了我一眼，我們兄弟嚇了好大一跳，回到座位趕快裝睡。

是這樣落南的路線，其實誰都不捨得睡，為此我從阿公口中繼續聽到保安、中洲、大湖、路竹、橋頭等地名，南臺灣的地理課，聲音的地圖學，那也是報站功能尚未電子化，猜想火車停靠在哪得不顧危險探頭去看的二十世紀末，我們最後在楠梓下車，轉計程車前往高雄的大社，記得我曾盯著「楠梓」兩字滿腦問號，心想楠梓才二個漢字，為什麼能發出「楠仔坑」三個音呢？

問號一直沒有解開，更多年後，另一個清晨薄霧的善化火車頭，你們不在，普通號已經沒有，〈車站〉和〈新鴛鴦蝴蝶夢〉成為老歌，我像所有臺南縣境內的通勤生，坐上七點出頭的平快車，獨自落南要到民族路補習班聽課，其實我都在翹課呢，一個人在市區閒晃，只為滿足當年認識臺南的慾望，惡補我的臺南功課。我走過青年路平交道，腳仍是有一點發軟；喜歡民生綠園，及其輻輳而出的臺文館、孔廟、延平郡王祠……一個人從白天玩到入夜，不知日後求學將一路往北。如今我偶爾到臺南短住，像外地旅客也在熱門景點打卡，吃大排長龍府城美食，住老房子改建的風格民宿，心底總不禁暗暗猜想，到底哪一天才能真正降落臺南。

更早一點的善化火車頭，清晨與薄霧，視野空曠的站前空地，近年搖身變成善化轉運站，臺南交通的新樞紐，我可以想像將有更多新面孔到來，我也是其中一張新面孔！我想起從前善化站前兩邊盡是低矮的日式木房子，每次阿公都來此寄車，當年寄車費用誰付的呢？我忘記了，卻記住阿公會跟收費的阿桑說要去看自己的女兒。

最後就剩我一個人落南，落到當年沒有的大橋站與南科站。大橋站與奇美醫院相鄰，因阿嬤的病，我見證了它的便利，前幾年我常搭乘興南客運到善化車頭轉臺鐵，記得有個阿婆日日也從大內出發，她白天要到奇美照顧臥病在床的頭家，我們遂一路同行，偶爾搭一下話，意外成為探病的車友，最近回大內我也沒看到她了。南科站可以轉乘沙崙線直抵高鐵，不想勞煩家人接送，我就從南科上車，空無一人的四節車廂，整臺火車都是我的，我一廂坐過一廂，遊戲般像當年和阿公阿嬤要到楠梓，我和大哥也從這節衝到那節，最後被列車長抓了回來，我以為列車長是警察，他們的造型是不是很像？我大哭大鬧地說我又沒有怎樣……

我的學測考場在新營，最後一科考完，一群同學頂著寒流步行到新營車站，準備搭車到臺南西門錢櫃歡唱，十七歲的高三生，鬱鬱寡歡的高三生，茫然不知未來在哪的高三生，坐在站站都停的電聯車上：新營、柳營、林鳳營、隆田、拔林、善化，善化到了我沒有下車，十多年來第一次到站不下，第一次我清楚看到善化站如布幕造景搭建在我的眼前，這人那人的臉孔全都相熟卻也不熟，我看到月臺對岸有一對老夫妻大包小包，後頭還跟著兩個小的，小的衝得很快，老夫妻卻走三步停兩步，絕對是累了，我突然有跳下火車的衝動，此時鈴聲大作，列車要準備落南了！

節拍——心地的走讀

元宵

你帶我到廟邊的店仔買燈籠，一成排或卡通或生肖造型的燈籠吊掛在騎樓竹篙，燈籠推開電源就會唱歌，記得是〈丟丟銅仔〉以及〈天黑黑〉，音質並不好，其中一隻發光的白兔燈籠凸著紅眼看向我來，它的眼睛嵌有紅燈泡，紅得更紅，這裡像動物屍首的拍賣展場，粗劣的配樂是牠們的嚎哀慘叫。

那是兔年也是我的本命年，兔子款式的燈籠特多：賤兔、迪士尼的兔寶寶，小熊維尼的瑞比，也有那手工粗糙長得像老鼠的野兔，我國小三年級，不再需要玩具的年紀，因你過年小賭賺了一點，害怕讓你失望的我最後挑了一隻玉兔，它長得像現在LINE的兔兔貼圖，卻忘記玉兔只出現在農曆八月十五。

以廟為起點漸漸形成村上最繁鬧的一條街，那時人口尚未外移，小學一個年級仍有三個班，春節廟口像大型夜市擺滿彈珠檯、射飛鏢、套圈圈的遊戲，固定有一棚大戲一棚布袋戲，我們都不喜歡人多的地方，卻不知那是畏懼人群的徵兆，你血液中性地中的暗處。廟邊金爐旁有一條通往古厝的小路，多年來只有我們自家人在走。

蓋在廟後的古厝，廢棄二十幾年，早成為擺放農具、囤藏果物的倉庫。白天是我們一群囝仔屁遊戲的場所，晚上充滿鬼魅傳說。奇怪我幾乎沒有與你在古厝的任何記憶，事實是你也很少回來，唯一一次就是元宵，你領著我走過全無照明的大廳、院埕、你和小叔、姑姑三姊弟睡的伸手仔，閉著眼睛也能摸出方向，讓我想到這本就是你從小長成的家，誰會怕自己的家呢？

玉兔燈籠搖搖晃晃給出了路線，我彷彿看到你年輕的臉，尚未被躁症吞噬的表情，笑起來跟阿嬤真的好像，那也是你意氣風發，在廟會與公司都出盡鋒頭的年紀，你二十四歲就當爸爸囉，喔、我也已經三十。

前天凌晨四點大地震，慌亂中摸黑跑到你們的房，最後竟不敢睡，堅持躲在你們夫妻中間，我將棉被拉至頸部，怎麼會怕成這樣？我們都以為停電，擔心是否傳出災情，卻同時發現窗外民宅的燈是亮的，路燈更亮，怎麼會是這樣？這些年躁症傳染病似在我們家族蔓延，一個接一個倒下，我試著以文字抓出病灶，釐清脈絡，找出解釋，只因我本是生來為你們搗藥的兔孩子。

清明

我從小喜歡掃墓，在尚未時興火化、諸多祖先還沒撿骨前，每年一個清明節我家總計得培七八座墳，因數量實在太大，還得分組，所以母親前晚得先將祭品紙錢一包包裝好，上頭貼著黃色便利貼，寫著什麼「尖山地老祖嬤」、「國姓湖老祖公」、「芒果園大老祖公」……地名與身分的結合，屬於她的家族分類地理課，我們聽令動作，帶開進行，中午才短暫回家休息吃潤餅，掃墓在我家多年來已有一套ＳＯＰ。

我從小也喜歡觀察墳墓：形狀、大小、建築風格，喜歡偷偷閱讀墓的字與畫，看圖說忠孝故事；撿骨後的墳讓人悵惘：砸毀的墓碑、見光的墓穴、棄置在旁腐蝕的棺木，我掃過最悠久的是一座昭和古墓，只剩下墓頭，抵達此墓得跨過排水溝，溝上一座便橋，而橋身就是一副棺蓋。這些那些都不如鑲嵌照片的墳頭吸引我：孩童的、老年人的，印象最深是一張外國女性的臉，像洗髮精瓶身上的大圓眼波浪髮的西方臉孔，奇怪墓碑的敘事和漢人沒什麼差別，她的墓厝建築也是傳統式的，每年清明我都在等待她的後代到來，她到底是誰。

我的墓仔埔想像有時是一座座山頭，家鄉公共墳場就是山，雖名之為示範公墓，卻極不規則、錯落各個年代的墳。每年掃墓旺季，氣溫過高，我在這山頭，看對面迎風坡開出一朵朵五百萬大傘，太熱了！多麼奇異的清明圖像，傘下的我們就像在和祖先野餐，這處埋著我的高祖父、曾祖父的二媽，還有戲水溺逝的小堂哥，小堂哥才多我幾歲，怎麼也是祖先了。

我知道為了方便整理，清明前幾天父親會先到放火燒墳，清香與燒金與火焦的味道，就是清明的味道，那是曾祖父撿骨過後新蓋的墳，他從前葬在家鄉垃圾掩埋場附近，掩埋場坑坑谷谷比墓仔埔面積更大、幅員更廣，當年據說也是一塊好風水。

今年你會不會回鄉掃墓呢？這幾年在外念書，次數減少，可以肯定的是，掃墓我會長袖長褲，通常穿的是高中運動服，不怕熱卻怕蚊蟲咬，我是否已失去野外生存的本性，鞋子也是穿舊的球鞋，那更是一雙雨鞋，以適應泥濘的地，我聽說清明前總會下一點雨。

星期六讀半天

說是半天，其實只讀到十一點，早上總共三節課，我記得日課表的樣子是第一節班週會，二三節社團活動。

班會都不太開，會議紀錄副班長自己想，週會就有趣了，記得全校一百餘名學生，紛紛搬著課椅來到榕樹下，五欉榕樹植於日治時代，早已升格當樹王公，橫生張開的面積一個操場大，平日我們就在樹下上體育課，星期六則在那進行兩週一次的鄉土課。那時我們人手一張A3大小，雙面滿滿的臺語俗諺，教材是手寫的，字跡有點草，得聽聲認字，到現在我都記得第一句是「歹瓜厚子歹人厚言語」；第二句是「忍氣求財激氣相刣」。為全校帶讀的老師是我們班導，六十幾歲的他首次將戶外當作教室，小學校也有大場面，教得起勁，我也學得有勁。樹王公的鬚根垂到地面，林蔭下分心的孩子有的在拉氣根，有的在打蚊子。

社團也很有趣，但不是課程內容好玩，而是跑班的形式，中高年級混著一起上。人氣最旺的社團是羽球和躲避球，全校一起ＰＫ。我參加過「美勞」社團，用色紙和瓦楞紙編過一卡菜籃；也上過「視聽」，都在看猴子毛毛的《大自然教室》，印象中我們學校也有一支舞獅隊，社課時間不到就在敲鑼打鼓，星期六上午的臺南山區散發一股飽滿的節慶氣味，不是嗎？星期六都穿便服，便服就是新衣服，有些老師沒課根本不來學校哩。

星期六讀半天的問題不少，普遍都是家裡沒大人。我可以一個人顧家，卻得解決吃的問題，那時我會到住家附近的快餐店，和大人拿著鋁夾擠在取餐區東挑西選；那時我就不解於便當盒的死板設計，一格大的三格小的，然不妨礙我沉浸在擺盤魚肉的遊戲，自己的午餐自己配，現在我不時喜孜孜地跑到活大吃自助餐。

星期六中午也要準時收看《中國民間故事》，導師要我們看電視寫作業，記得有一本像讀書札記的本子，一格叫心得，一格叫感想，心得感想到底差在哪裡。同學家中普遍裝有電視機，卻喜歡圍在我家客廳一起觀賞，那是沒有重播的年代，所以一生只能看一次，看完要立刻寫，看電視是多麼嚴肅的事。

為什麼這麼關注星期六？因為週休二日就要出現，我隱隱然知道二十世紀末每一個星期六讀半天的日子都是在倒數計時。

禮拜天的打卡鐘

後來我不再問她：「明天是大禮拜還是小禮拜？」不管大與小，母親都得上班，多年來禮拜天是母親的工作天，她從不放假。

因為母親的不放假，讀小學的我禮拜天也習慣早起，晨間新聞，用完早餐，我就得做好回答今天要跟媽媽到工廠，還是和爸爸去打球的心理準備。答案其實是後者，我喜歡隨父親的慢速壘球隊四處比賽，偶爾才跟母親到工廠作伴，她常一個人來加班。

一個人加班，母親載我來到山區鐵塔旁的紡織廠，沿路光與影在丘陵地產生變化，母親邊騎邊說風日真好，連老闆娘都不來。停妥機車，我們走進二十坪大的鐵皮屋，各自摸黑行動：母親去開燈，再依序將八臺平行擺置的紡織機臺啟動，這時我會搶著跑到打卡鐘前，抽出寫有母親名字的紙卡，用力給它壓下去，就怕少賺一分一秒。

我注意那臺打卡鐘很久了，打卡鐘是時鐘，也是鬧鐘，我更在意旁邊的打卡架。白色的紙卡，藍色的紙頭露出員工的名字，層層疊疊二十幾張，上下班打卡還得排隊，那時景氣超好，還分日班夜班下午班，二十幾張也許不算多，在就業機會極少的偏鄉卻是大規模。

我記得紙卡上的名字都用單字、單姓、暱稱，像小團體在打暗號，我從中讀出一座工廠的私密性與日常感，想像他們中午吃飯時間的說與笑，其中一個是母親的聲音，她是不是也有自己的友誼、心情、不能向家人說的事。母親的名字很特別，有個紂字，她就只寫紂，多麼霸氣的筆順，我一眼就找到紂，我記得有張紙卡寫阿菫，菫素的菫，工廠內我和母親一問一答，機器運作時根本聽不清母親的話，只剩嘴形，以及片段的描述，藉著片段我開始拼湊阿菫的輪廓個性、生兒育女，婆媳問題，住在哪個村頭，問到最後才知她是阿芬不是阿菫；也有洋派的英文名字，Lily、瑪莉，多是國中畢業在鄉下短暫兼差的少女，她們很快會辭職去善化或臺南另謀出路；有一個叫阿閔，常聽母親提及工廠有個歐巴桑叫阿閔，我在打卡架上真的找到阿閔，母親笑說我可以幫她打卡，第一次發現有人和我撞字，注意到她把門內的文寫得特大，我習慣寫得很小，母親說後禮拜阿閔會來加班，要安排我跟她相認，其實我怕怕的。

後來我就用這座打卡鐘來分享小說人物的描寫，我知道每一張紙卡背後都是一名職業婦女的故事。

戶外教學日

大概我念的是南部學校，小學戶外教學的景地多數向北：苗栗西湖渡假村、雲林劍湖山世界、彰化臺灣民俗村、以及科博館搭配東山樂園的臺中一日遊。

都是這樣的，前晚到超商採買吃食，遇到同學的機率很高，因鄉下這麼一間大店，曼陀珠口香糖是基本款，魚狀的孔雀香酥脆我必買，大家車上交換吃，蘇打餅、菜脯餅、鹹味的可口奶滋都是成熟的餅乾，反應比較冷，有個同學家裡在烤芒果乾，天啊，一大包從車頭傳到車尾，小學生也是有大氣度。

印象中一大早全校在操場集合，教室的門與窗都閉鎖著，依高中低年級的次序走向學校附近的果菜市場，休市的淡季，空地得以停放數臺遊覽車，看起來就像要去進香的樣子。當時學校班別都以甲乙丙區分，遊覽車剛好也是甲乙丙，弄得老師學生覺得繞舌，主任還臨時寫了阿拉伯數字貼在車前，其實我那時就注意到每臺遊覽車窗臺供奉剔骨還肉的三太子，感覺祂也想出去玩。

戶外教學我總在人群裡，出發前擔心遊覽車沒人同坐，帶開解散又不敢單獨行動。午餐要自備，記得在西湖渡假村我們於白色陽傘下坐成一朵梅花，彼此的午餐內容成為配飯的話題，老師也加入品評，有個同學變出一個餐盒，打開內部齊整擺放花壽司，我阿嬤是幫我準備一粒飯糰啦，中午從背包拿出來已經變形，我覺得有點歹勢；也有同學忘記帶，說她媽媽要他自己買，這時大家七嘴八舌說園區賣太貴，他聽了像集體在責怪媽媽不細心，眼眶最後紅了起來。

戶外教學最吸引我的是休息站，這個地方很容易失散，通常規定上完廁所立刻登車，可能從小參加鄰長旅遊或廟會刈香經驗豐富，我也懂得休息站就是要去喝個貢丸湯和買竹筍餅（也是成熟的餅乾），我第一次吃到銅鑼燒就在休息站，當然是受哆啦耶夢影響，擠在一群大人中間挑選找錢，那是我第一次買東西回家，我媽要我送一個給曾祖母，交代說是阿閔去玩買給她的，傍晚我爬到二樓她在念佛，她重聽，銅鑼燒擱著什麼沒講就下來了。

最近找到一張全班在軍機前蹲姿的團體照，忘記是在哪座開放式空軍基地拍的，稍微曝光的影像裡大家穿著容易辨識的長袖運動校服，這才想到每年戶外教學都選在秋天，才意識到不是全班都有報名——家境不允許或家長不放心——誰知道沒去的同學都做什麼，少吃一次營養午餐有退費嗎，規定的遊記作文又該怎麼寫呢？

班級返校日

升小六的那個暑假，我手作了人生第一張行事曆，記得是買黃色的粉彩紙，食指壓著一把尺在上頭繪製表格，東移西移。我從小就不太會使用尺、圓規、量角器等計量的工具，格子畫得歪歪斜斜，好不容易格數終於畫對了，接著開始填寫星期與日期，多像小學一年級的數學作業，最後用雙面膠將它黏在房間牆壁，提醒自己也像昭告全家，我也有自己的生活了。記得父親曾像看公布欄仔細研讀過我的schedule，還淺淺笑了一下。

那時我星期二與五要到山上鄉補習英語，星期三與六要到善化鎮補資優數學，我的導師恰好經營安親班，所以星期四就得騎腳踏車到他家上輔導課，每週我過得又充實又勵志，努力將鄉野生活經營得有聲有色，行事曆滿滿的，年紀最小的我竟是全家最忙的一個。

那張行事曆最吸引我注意的五個字是「班級返校日」，也就是班級回校打掃的日子。印象中一個暑假兩次，不同於全校性返校，整個鄉只有你們班回來，所以幾點到校？在哪集合？該穿什麼衣服？請假找誰呢？全無規則可循。我怕忘記，除了在行事曆用粗體字標記，也預先在客廳牆上的日曆本註明，想盡各種辦法要讓全家幫我記住這個日子。

我們班只有二十四個學生，結果那次返校只來一半人數，一半人數打掃一座校園？校園教室閉鎖著，福利社沒開，司令臺、訓導處、百葉箱、音樂教室，空蕩蕩的小學校，我喜歡。記得我們沿紅土跑道清掃落葉，有人巫婆扮裝騎著竹掃帚在追逐，有人熱衷把落葉積成一座矮丘，然後揮棒姿態地捲起漫天黃葉，排球場上有名晨運的婦人，她太晚了，而那個住校後日式屋宅的退休教師正在澆樹。

後來我常想起班級返校日，那天其實我照平日上課的習慣，七點多幾分走路到學校，我太早了，不敢在校遊蕩，又折返回家；那天我很乖地穿運動服，顯得特別醒目，這樣學校來來去去，直至八點多才看到負責督工的老師。那天沒到的同學可能忘記、生病、睡過頭，聽說有個同學出國玩，誰去高雄找她媽媽，或到臺北表哥家短住，我聽得仔細、焦慮，努力想像那些超出行事曆之外的暑假生活，一個外面的世界，什麼時候我才要去呢？

黃金店面

最早開的是一間機車行，不知是光陽還是三陽，分不出來，我們只會牽著腳踏車去灌風，風是免費的，後來機車生意興隆，擴大營業遷至他處，接續的是一間叫金鑫的泡沫紅茶店。

金鑫其實不賣茶，內部擺的是電動玩具，我記得招牌吊掛那天，我們一群孩子都在門口看熱鬧，搔耳搔首問三個金字疊在一起怎麼念。金鑫來了以後，人口的出入變得複雜，常有警車巡邏。有次半夜打群架，白天我也不太敢靠近它，一陣子就關門大吉了。

金鑫招牌沒有拆，頂著霸氣店名又來過便利商店、水餃酸辣湯店，真真成了村上的黃金店面，就像另一間金鑫。我升小五的暑假，有過一對賣冰的雙胞胎姊妹花，店面只租前半，每個午後我和大哥固定端著一碗煉乳超多的紅豆牛奶冰搖搖晃晃從對街走回客廳，冰品夏天才有銷路，後來短暫賣過燒仙草，姊妹花就消失了。

黃金店面生意做不起來，跟黃金無關，跟店面也無關，跟人口驟減比較相關。

其實我家附近一代緊鄰廟口、市場，沒有老街之名，卻有老街雛型，昔時的戲院、醫院，現在的小學、郵局都在附近。印象最深刻的是陽春麵店，店長是母親在織廠的舊同事，是一名女童乩，圓圓胖胖，人可愛又海派，我很喜歡她滷製的小菜，加一小匙的五香粉，一小匙用的是挖布丁的那種匙子，太細緻了，平常她拿的是神器。記得開幕時間是選過的，下午三點，店前擺了香案，也放了一串鞭炮，不知為何我很擔心沒人光顧，比店家還要緊張，我常常這樣。從中午開始我就一邊寫作業，一邊在騎樓張望，不知情的人還以為我很想吃，開幕不是要鬧熱滾滾嗎，怎麼會選下午茶時間。

我忘了誰是第一個上門光顧的客人，之所以想起黃金店面，主要是前陣子母親打電話告訴我，嬸嬸將在門口賣起蔥抓餅。嬸嬸十年前從廣西嫁至臺灣，生了雙胞胎妹妹，為了生活她非常努力，知道現在她要開始服務村人早餐的胃脾，每天我打電話回家關心進度。家裡沒有做生意的人，嬸嬸忙得過來嗎？我立刻想回家幫忙，當一日店長。我們家是不是就要有一點改變？這時人群漸漸靠了過來。

電腦課

前陣子父親爬到樹上包酪梨掉下來，消息到我這邊時，他人已經在辦出院，我趕緊打電話給他，玩笑話念他跑去住了飯店喔，有宿習無？一個人在奇美關了五天，他自己說是二十幾歲退伍後離家最長的一段日子，他如何消磨時間呢？父親不耐約束，這次倒自動要求住院，他已經退休，多的是時間，現在他需要自己的空間。

我們通話不到五分鐘，話題最後停在他準備去社大學電腦，也叫我有空多回家，我一時鼻酸，不敢聽下去。不只一次我從母親口中聽到前年父親工作的早退，除了祖母的病、他的身體狀況，最主要是他不會用電腦。在各方都仰賴電子通訊的年代，他成了凡事都要拜託人的老阿伯。

他不會，我也沒有教他，僅有一次是過年期間教他玩「明星三缺一」，兩三下就上手，他還趁我們去逛新光三越，跑到我的房間開機玩到忘記去神明廳燒香，印象中他握滑鼠的動作很像在操作機臺，手指就是他的游標，對著螢幕東西比畫如一名在公布欄前讀報識字的男孩。

他不會，我沒有教他，他卻在我小學三年級時送我去補電腦，很貴，一個月六千，電腦怎麼補呢？一九九五年，電腦在鄉下只有公家機關看得到，它很罕見，它是一種特殊能力，父親霸氣地說一定要會！

一九九五年的暑假我就補了電腦兩個月，上課地點在善化，每個週五下午兩點有專車接送住在大內、山上較為偏遠的孩童，那是一臺八人座的紅色休旅車，資訊教育正在推，招生還有點吃力，學生總計才四名，其實當時我喜歡坐車勝過學電腦，喜歡在暴雨驟至的午後移動於山區，地勢越高，雨勢越狂，山腳曾文溪邊的網室木瓜園有人影晃著，我想起我家買第一臺電腦也是這樣的天氣。

兩個月的電腦課我學會開關機、踩地雷、小畫家、記事本等基本技術，年輕的電腦老師在白板名詞解釋，我想像游標就是把「一」塗得又粗又黑像卦象，小老鼠就是流涎牽絲的小寫A。我也不會用滑鼠，老師說把游標移到最右邊，我整個人就全身向右傾斜，每次聽到左鍵快速按兩下都讓我指尖抽筋，快速按兩下到底是多快。

父親說電腦課主要教你收發信件與使用臉書，促進親子交流，也動動腦筋，不知道他最後報名沒？相信在一個烏陰的午後，我很快會收到他送來加為臉書好友的邀請。

灶

我小學五年級家裡才裝第一臺熱水器，此前洗澡是傍晚在後院的老灶炕燒水，再提著一卡拔桶仔去裝。我通常提兩趟，感覺像在練手臂。

炕燒水就是燒開水。當年老家興建，廚房向外延伸了一個兩坪大的後院，拿來當倉庫用也作洗衣間，後來擺了兩臺洗衣機，全自動與半自動，媽媽的與阿嬤的，空中橫著一長竿拿來晾衫褲，這裡是傳統三合院與現代透天厝的一個過渡，所以起了一口灶，架了一鍋爐，節慶時拿來炊粿與煮粽，平日就負責燒一家七口用的洗澡水。

一口灶維繫一家人的情感，老灶目前完全廢置，灶門脫落，灶的內部有一些餘燼，我很喜歡灶壁設計來放火柴盒的小窟窿，現在還放著兩盒獼猴牌番仔火，每次經過都看它一眼。

差不多我念小學五年級，父親接手農事，農作物重心從芒果轉向更具經濟價值的酪梨，砍了不少金煌愛文，新的種法尚在摸索，一切無例可循，而舊的枝幹放它東倒西歪，沒人想撿回來。阿嬤從田裡退下了，做不動了，每天四點一到就趕去起火燒水，鎮日煩惱沒有柴薪，拜託有車的人載她去整理。當時我就明白田亂家就亂的道理，我家確實正在討論分食事宜，打算另起爐灶。

我也幫忙炘過燒水。我的時間比阿嬤更早，三點半，首先把水管的一端接到水龍頭，一端牽到鍋爐內，水柱很強，水管會溜掉，我就用鍋蓋把它壓住，盛水大概花三分鐘，剛好拿起撐衣叉，幫我媽把衣物一件件下架，這時水差不多滿了，趕緊坐定灶前起火。印象中一捆捆從田地運回的樣仔柴就堆在灶邊，連四腳蛇也一起跟回來。我不懂火，不是愛玩火的孩童，到現在還不會用打火機，最常拿來當火種的是水果紙箱，水果紙箱的外觀印刷臺灣各地物產：大內愛文、麻豆文旦、玉井芒果、關廟鳳梨、卓蘭柑桔……我習慣一手將紙批丟向火坑，一手拿長夾翻動著火的柴塊，同時嬸婆也在後院忙碌，我就學習和她們搭話。

老灶是什麼時候停用的呢。打電話問了全家，沒有人記得。我只知道熱水器剛裝好的幾個月，大哥和我日日沉浸在打開水龍頭就有燒滾水的生活，我連白天都在洗澡。會不會老灶根本沒有壞——隨時等我回來重起爐灶，再燒一鍋洗澡水，煮粽炊粿的人不在了，這才注意到我家原來有煙囪，它就要湧出團團白煙，像漫畫的雲朵框框，告訴你更多灶內灶外的事。

排路隊

不知道排路隊的規定源自何處？我小學四五年級，孩童綁架的新聞頻頻，校方為了上下學安全，要求徒步到校的學生排路隊。

不同於都市清楚秩序的街廓設計，一區也許是一支隊伍，在偏鄉組隊難度偏高：地形、人數、距離都是問題。我有個同學住在學校對面，為了排路隊還得繞路他處集合；另個同學因鄰里劃分不清，同時分至兩支隊伍；我的隊伍叫大內村第一小隊，成員都住楊家古厝附近，七點十分得在距離學校後門一百公尺處等候，太荒謬了，我肉眼都看到教室的日光燈，卻得在校外挨至全員到齊。那陣子大清早四處都有學生聚眾，整座山區像在大風吹，家長很快群起反對。

我也反對，時常脫隊，從小我喜歡一人上學，自己開發路線，有次被糾察隊抓到，他問我哪班的，我低聲說三年甲班楊富閔，接著他說：書包揹著到訓導處罰站。天啊，我才不理他。

一個人的路隊。我喜歡沿楊家古厝黑磚牆走，就叫古厝線吧！這路行經無數三合院，有樣貌完整的建築群。古厝線越走越窄，並通過寬只容一個大人的窄巷，窄巷一邊是人家花園，一邊是戶外戲院，戲院有個售票亭，我喜歡在這裡玩假裝買票的遊戲。清晨走古厝線最宜背誦古詩文，當時校方正在推三字經，升旗時間到辦公室默背全文，能獲得一張榮譽卡。我不太會背，上學途中也在心中默念人之初性本善，每次都在香九齡能溫席卡關。

有時走牧場線。牧場在楊家古厝另一邊，圈養數十隻黑羊，只有一兩隻白羊，露天的數字練習，小時候二爺會帶我來數羊。後來我一個人看羊，羊群這邊那邊，眼前所見就像羊乳片的外盒包裝。當時校長週會時間喜歡講寓言故事，勉勵大家反哺孝順，都舉羊跪乳的例子，於是我就注意羊有沒有跪乳。牧場線最後與古厝線的三合院接在一起，曲曲折折像闖關遊戲，我曾被一條看守牧場的野狗咬了一口。

最常走的還是菜場線。我家與學校、菜場位在同條路，有時遇到我阿嬤擠在路邊賣芒果，還好有椅子坐，椅子從家裡帶過去的。七點人潮正多，我專心走路閃車，好幾次被「磅米芳」的機器嚇到魂要飛走。菜場邊有個公車站，幾個家住大內，卻到外地讀書的小學生在等車，十歲不到便過著通勤生活。我們制服的顏色不一樣，我們的課本一樣嗎？其中一個是我們班轉出去的，不敢相認，每次我都低頭快速走過。為什麼不留在本地念書呢。我是不是已經落在隊伍的最後。這時興南客運緩緩進站了。

交錯——

行軍部隊來了

時常忘記老家附近便是一座營區，營區命名日新與又新，小學時期途經此一聚落，可以感覺到一個完全不同故鄉地名的想像方式。從大內出發是日新先到還是又新先到呢？印象中懇親會的假日路邊雲集各種攤販，附近居民有時會特地前來當成逛市集。我與父親入過營區面會他的漂泊友人，白日燒烤攤位前我伸出手指說要吃烤焦啊巴。

營區外邊同時也是故鄉公山，我們清明時常來此掃墓，隔著磚牆可以看到軍隊內部的房舍斜角，心情特別肅穆，為此不敢高聲談話。哥哥說以前路邊停過一臺戰車我沒印象，倒是記得父叔時常描述大溝田裡得以撿拾許多彈殼，彈殼即是來自營區的靶場，大溝離營區最近，我才知道原來故鄉邊界守候著至少一支軍隊。

我也聽過來自遠方的靶聲，落在音樂教室的五線譜路上，九歲的我吹奏直笛想像青年軍人正在熱天操演，而同學們交頭接耳猜測著聲音來歷。得以聽見靶聲的校園是否讓人安心或者相反？日常我也看見兵仔車出現在故鄉街道，迷彩的身形最是吸引我的眼球。

上世紀最後十年，某場雷陣雨沒有落下的悶熱午後，我站在騎樓迎接來自營區長長的行軍部隊，迷彩的行伍沿著馬路兩邊持續前進，為什麼鄰人親戚都不以為意，行伍中間有軍用車接續導引，只有我忍不住在旁揮手示意，一個皮膚黝黑的兵仔向我笑了一下，我想知道他是住在哪個縣市。

行軍隊伍從營區出發，沿後山產業道路繞向聚落，最後回防營區。有時會在小學校舍駐紮。隔天到校，發現課室桌椅稍有移動，卻又看不出哪裡不對勁。課室恢復相當良好，女導師說昨天晚上阿兵哥借用我們的教室過夜。我們面面相覷。

遠方的打靶聲持續傳來，年少的父親撿過一枚彈殼，而我在騎樓送迎新世紀的來去，我告訴身邊的愛人：其實此地最早流傳一則鄭成功的故事，現在聽說有支行軍部隊來了。

送迎——歡退儀隊來了

那個師專畢業的老老師要退休，消息傳至教室，班上最勇敢的躲避球男孩無來由地哭出來。老老師教過我的父親，他曾顯影在父親的國民學校畢業照，後來也出現在我的畢業照。我們都要在上世紀最後十年一起離開這座山腳溪邊的小學校。

歡退儀式在升旗典禮之後簡短進行，接著便是全校師生歡送老老師至他的家門，他的家人也來送花，許多年輕的職員幫忙載送題字的牌匾。停在路邊觀看的騎士聽說也是他剛教書的老學生，一直沒有離開鄉下——他說老酥賀。當時你就列隊升旗典禮笛樂隊之一員，臨時整隊派來支援歡退儀式，成了現場唯一的表演節目。我們緊急演奏進教室的曲目〈進行曲〉當成背景音樂，儘管眼前畫面距離教室越來越遠，老老師桃李無數，什麼科目都能教授，鄉內各處都是他的子弟。故鄉沒有桃李樹木，我們的隊伍路過一棵又一棵的土芒果樹。

我讀小學年代，恰是戰後第一二代國民小學教師年屆退休的歲數，因而教室內的小朋友都像是大孫子，師生關係的想像於我而言比較活潑。那日我們在老老師家門聽完他發表退休談話，內容除了可以想見的惜別話語，印象深刻的是他講著一口文雅的臺語，句句都流露出對於本鄉本土的愛念。實則校園與聚落與家園的界線相當模糊，我們甚至沒有嚴格的校門。老老師在山腳溪邊小學校服務四十年了，那日最後老老師突然詞窮，看向了鼓笛隊的學生，現場好幾個都是被他教過，沒教過也都喊得出名字。暑假就要來了，我也即將畢業，老老師忍不住叮嚀別到溪邊戲水。學校即將重新整建，聽說大樹都要砍掉，工程危險不要常來。

我們就在距離學校不遠的路邊騎樓歡退了師專老老師，人車全部靜止下來，路邊果販兜售著當季的土芒果與新砍的破布子。一記下課鐘聲就在整點清脆打響，這時樂隊大鼓當作起引，我們繼續吹奏未竟的〈進行曲〉。

現場有人問起老師退休要做什麼呢？彷彿聽到將去遠方與兒女子孫同住。我們打道回府，原路折返，經過一棵棵土芒果樹。

交錯——

賣醬菜的來了

臨時市場其實就在我家不遠處，因而雖然不是出身菜場的小孩，生活空間卻算在菜場範圍之內。市場內的攤位數有限，許多流動攤販習慣沿著馬路擺設，但也不至於擺到家門前。倒是每天清早出現在鄰居騎樓的一臺機車讓人印象深刻，他是一名膚色黝黑年邁男人，他是來賣醬菜的。

哪個位置不選偏偏挑在民家騎樓，這裡附近沒有人潮，應該往菜場中心移動一百公尺才對，來買醬菜的都是附近居民，其中楊家親戚幾乎更是成了重要客戶，他的醬菜裝在一個年代久遠的方形木櫃，格間清楚地裝著豆棗豆枝，蔭瓜菜心，醃漬的薑片與各種的菜料。我喜歡跟隨長輩來指東指西，其實我不是真的愛吃，就是喜歡醬菜的色調與擺放的方式。現在我常想起這位阿貝，卻沒過問他何以迢迢千里從外鎮載著心滿意足的醬菜來到山村，並選在一個陌生民家的騎樓停了下來。

醬菜攤位的存在提醒了我是身在菜場中。後來聽父親說起：腳下此地早年就是一條農產市集，可以想像早年市場規模大過當下，換言之醬菜攤像是唯一被留在歷史現場的流動店家，見證著地方菜場演化的小歷史。

也常聽聞家人談起民國七十年代的菜場大火，聽說火勢沿著電線延燒，就要燒到菜場面對的低矮鐵皮聚落，不知哪名勇敢的人斷了助長的火苗，防止了另一場規模更大的災厄發生。大火燒過的菜場廢墟空洞得可怕，這場我來不及參與的祝融災厄，彷彿仍在溪邊山村燒著紅光，整夜的水龍車鳴笛聲，我看到了。

臨時菜場始終暗咪濛，我家不少親戚在此營生。聽說曾祖母晚年到訪市場都會引來騷動，除了她自身耳朵重，主要是她都只買一點點魚肚，食量小又獨居，這生意怎麼做呢？最後時常獲得免費贈送的食材，推託之間人家只收一點點錢。每次跟隨祖母到市場，主要幫她提大提小，某家肉販會把豬肺留下，我們常去跟他索取，這是父親珍愛的料理。中午收市還有幾座攤位仍在運作，多是水果攤或者刨冰攤。夏天我來買四碗清冰淋上黑糖給家人，在一個熱天午後坐客廳消消暑。市場外邊有個下甘蔗的攤位，祖母每次都替我帶回一大包，甘蔗全家只有我在吃，大概那時是在長牙齒。

菜場後來遷址到公所附近，原址在我小學畢業那年被鐵皮圈地起來，二十一世紀就要來了，市場遷移對於腳路退化的長輩簡直考驗，很多家庭這時候開始換了女主人，我家就是最明顯的例子。新世紀於我同時是迎接新市場，攤位紛紛遷走，賣醬菜的阿貝依然準時出現。初一十五他的生意尤其好，有時我陪著祖母吃早齋，平靜的白粥，撒上一片歪歪斜斜的紅色豆枝，淋上醬瓜湯汁，是我自己慣習的吃法。

我升上國中之後，生活重心轉移到了升學與考試，我不知道賣醬菜的阿貝什麼時候不再來，倒是某個假日看到他的機車出現，卻是坐在鄰居客廳談天說笑，這一次他不是來賣醬菜，可是此人念舊猶如他的醬菜，他說是回來走走看看，還帶了醃冬瓜醃菜頭當伴手呢。

有片——

歲次庚午的鬧熱

幾年前南藝大的朋友把一篇文章〈再會巖仔〉製成短片，後來我把題目改為〈春天哪會這呢寒〉，那時順道請他幫忙將家裡為數驚人的廟會錄影帶修復成光碟。一直沒仔細看。今天早上看的這部是一九九〇年，我約莫三歲半，刈香地點恰好是赤山龍湖巖。帶子受潮狀況相當嚴重，我只能不斷快轉至影像完好的部分。我很快就注意到畫面左下角顯示的時間是一九九〇年國曆二月四日的下午兩點多，陣頭已經從六甲回來，遶境準備要on line。多麼熟悉的故鄉容顏，突然來到我的眼前，有團藝陣在老家門口進行拜旗儀式。那藝陣是我最喜愛的踩高蹺。從小我廟會只愛看踩高蹺，尤其紅面人關公耍大刀，以及懸在他腰間坐騎的馬布偶。多年後原音重現，想不到第一時間我找的還是紅面人。那是歲次庚午年的冬日，我發現雖是鬧熱的現場，大家都穿著長袖衣物。

廟會錄影帶是我從小的卡通、連續劇、長壽劇、電影……影與音的美學根源，很小我就知道電視機出現的不只是明星藝人，還會有厝邊隔壁的親戚；很小我就透過廟會錄影帶認識這個村莊過去的樣子，在鑼鼓與鞭炮當作配樂的遶境行進中，看到了粉面的潑猴、七彩的家將，扛神轎的鄉村青年……而人群都擠到了馬路亭腳，這就是我即將出生的所在。

其實從小大哥與我便在老家三樓加蓋的鐵屋，擁有一間在鄰里孩童眼中相當奢侈的遊戲間。遊戲間最早是父母新婚計畫當作客廳用的，他們希望以三樓整層當活動範圍，在不過十來坪的小地方展開新生活：一整面酒櫥，L型的、紅棗色的、胖嘟嘟的碰溢，正是當今老房子最搶手的沙發擺設。我不知他們夫妻新生活經營得如何，年輕時父親的織廠在量產地毯，母親擔心冬天地磚太寒，特地為我們鋪上棗紅色的巧拼。我以前就注意到沙發巧拼顏色實在太像，常在比較它們的淺深。因為房子格局本身也不方正，巧拼永遠有凸出的一塊，我都拿利刃將它裁掉邊角，因而看到我生命中的第一個梯形。是在那曾經作為客廳，後來成為遊戲間的加蓋，一臺七吋訊號不佳微型電視，上頭貼著字色退去但字形完整的囍字，那是母親的嫁粧。大哥與我就這樣席地而坐在巧拼，就著母親嫁妝看完了各式各款的廟會錄影帶：歲次庚午清水祖師誕辰、歲次己卯媽祖進行北港；或以藝陣為主題的打臉宋江陣操演實錄。

我不知什麼時候流行將廟會儀式存錄下來，這些錄影帶意外側記了臺灣各地信仰的過去與現在，遂也有了史料保存與民俗研究的價值；廟會錄影帶有沒有情節？為什麼我們兄弟可以久坐地一卷看過一卷？成人後我喜歡在YouTube瀏覽看來並無設計的影像資料，可能只是一場晃動嚴重的婚禮側拍，或者某個意義不明的現場直擊、高樓監視器捕捉到的雲層變化、行車紀錄器裡的私人公路電影，這樣就也足以讓我耗掉一整個夜晚。我不知廟會錄影帶的拍攝美學是隨隊跟拍，或者也有經過剪接編輯？但是從出香、遶境到安座，它多少也決定了畫面的結構，而總是需要有頭有尾的。我猜想正是因有頭有尾，我們兄弟總能抓住自己觀看的脾性所在。

大哥最常看的是請水與過火，我總是畫錯重點，跑去注意水的深度，以及每次神轎、乩童、宋江陣隊伍衝進水場時的安全問題。在水中涉足，其實連乩童都放慢了腳步。臺灣冬日河川大抵是乾枯的，廟會的請水儀式每次都選在中上游靠近山區流段，從清晨三四點進行到天色全亮，庚午鬧熱的影像中我仍在尋找踩高蹺，溪埔邊泥濘地他們要怎麼走呢？過火儀式則在鄉公所附近的空地，後來幾乎成了慣例，那裡也是村內喪家燒庫錢的地點。有次學校風傳要在校外舉行營火晚會，一名平常熱衷廟會活動的同學糾正說是要貴慧。後來我在不同的廟會錄影帶，都會看到不同時期的他赤腳跑過高溫燒燙的火場，看到他在貴慧中身形越來越大，從小男孩跑到大男孩：三年級、六年級、念國中然後當兵出社會……

我們兄弟的廟會錄影帶時間，讓連棟的三樓加蓋充斥著鑼鼓鞭炮的音效，其實加蓋隔音並不好，兩屋之間只立了一面木板牆，三樓就像被間隔成包廂的鬧熱廣場，像是一間為我搭建的視聽教室，進行著關於語言、民俗、神話傳說知識的基礎課程。廟口參拜與藝陣表演是我們兄弟必看的，當時沒有空拍機概念，否則廟口畫面勢必相當壯觀，當時人口很多，然還不是最多的時候。父親常說他們小學一個年級十個班，我念書時只剩兩個班。歲次庚午的鬧熱，印象中有個畫面從高而下，猜想攝影位置是不是就在廟邊人家的頂樓。我一直羨慕住在廟邊的同學，因看鬧熱就不用站在場邊人擠人，自己也有自己的貴賓席。

其實我對神轎乩童比較缺乏熱情，喜歡的都是藝陣，喜歡他們在街邊馬路將各種文學敘事搬演成日常小戲：鬥牛陣、唐三藏與孫悟空、牛犁仔歌、十二婆姊，還有甚為少見的雙生仔，就是一人身上揹著雙胞胎布偶，表演方式是手與腳並用，戲劇爆點即是不斷推拉的過程，他們想分開卻又分不開。雙胞胎布偶臉孔是外國人五官，像衣著店看到的痲豆；雙胞胎女孩花裙草帽打扮，像母親珍藏壁櫥多年，陪她嫁過來的洋娃娃。雙胞胎布偶只有肢體沒有表情，我卻彷彿能感受它們共生共斥的張力效果，其中的彆扭與苦痛，對照遊戲間各自獨立的大哥與我，這又是在向我透露什麼訊息？

我就這樣放著光碟，邊看邊截圖，手指幾乎停不下來。比如那張遶境前吃點心的畫面，人手白色保麗龍杯碗，剛好拍到大伯公在吃滷麵，畫面中伯公穿著一身土黃色夾克，不知是衣料底色或田裡土漬，在人聲鼎沸的點心現場，他顯得更瘦且並不起眼，但我一眼就抓到他，在整個庚午鬧熱的行進之間，他與另一村人扛著油鼎。這次重看畫面，念頭首先浮現的是伯公會不會感覺累呢？他是在二〇〇五年謝世的。

比如那張神轎上坡的照片，不知為何沒有安裝輪子。轎班當中一位是我的叔叔，一位是我的父親，我趕緊將畫面截下來，活動中他們四處打游擊，負責的事務非常繁雜，我不時看到他們的身影。他們兄弟當時都三十歲上下，正是我現在的年紀。我首先想到的也是他們不會累嗎？父親腳力已經不如當年，曾經他是那樣活躍。

二十世紀最後十年，村子裡的排水系統是否正在改善？不知為何我看到幾座舊時未及拓寬的水泥橋，以及到處都有尚未加蓋的大水溝；看到許多店家招牌，昔日村路也有過商店街規模。許多店家招牌順著遶境路線通通截了下來。最驚喜是那間牙科，它的門口有幅超大齒狀的招牌，每次上放學路過我都快步逃離，它到底是誰的嘴巴，它是不是會突然伸長舌頭，電玩遊戲般就將孩童吞食進去？我在那屋看牙記憶並不多，主要牙醫是個婦人，與我阿嬤年紀差不多，婦人在牙科門口養了幾隻松鼠，也就是碰氣；我阿嬤也養碰氣，平時會放牠在肩膀跑與跳。幾次我們祖孫路過，她們就在齒狀看板下笑嗨嗨地說起寵物經，這次仔細看著露出兩排精美牙齒的招牌，裂開嘴型會不會是在對我笑呢？還有那間某某商號。我從不知某某兩字是什麼，被長年雨水沖刷掉色，成為了露天的國字填空。我一直喜歡商號勝過商店、柑仔店給我的感覺。就像學生有學號，土地有地號。我認識商字一來是因為除法，被除數除以除數等於商。所以四除以二等於二，商就是二；六除以二等於三，三也是商。為什麼字典關於商的解釋沒有這麼多？認識商字也來自中華職棒的三商虎，而我總將商寫成摘的右半部。這些截圖切片現在靜靜躺在我的資料庫，它在向我展示民國八十年前後，曾文溪的一個尋常日子。如果截圖放大輸出依序貼在書桌牆面，一時也像到訪了民俗采風的私房展室。

不管哪卷廟會錄影帶，每當畫面將要逼近我家，坐在地毯上的我總會異常焦躁。我總期待鏡頭會帶到老家的特寫，卻又害怕看到自己的樣子。不知為何也從來沒有一卷拍過老家正面，總是路過與路過，家人也只是路過。可能家的位置鄰近廟口，交通常在此打結，遶境隊伍往往失去原本的形狀，馬路變成了廣場。歲次庚午的鬧熱，我家的畫面也是遠的。我只能跟著鏡頭，隔著距離看著踩高蹺在我家門口擺起陣式，當天是誰在門口迎接呢？這個位置是不是隱喻著將來我與老家的距離。父親與叔叔剛剛從畫面中淡出，伯公也淡出了，我突然有想哭的衝動。不管哪場廟會，也都固定從我家門口前拉起百尺長的鞭炮串，貼著馬路一直放到媽祖廟邊，果然炮聲很快蓋過所有聲響了，畫面煙霧瀰漫。我彷彿看到許多信眾不斷拿起毛巾摀著口鼻，而人在鏡頭中不斷地被消失；我彷彿看到一個孩子從住家騎樓的方向衝了出來，緊接一個婦人跟著跑出來，那兩人是誰呢？我才想將畫面放大拉近，這時所有煙塵瞬間湧了上來。

節拍——

三班制

三班制是將一日切成三個區塊。早班夜班較能想像，比較特殊的是中班，也有人稱呼晚班，它從下午四點到午夜十二點。大概在我小學時期，勞工出身的父親仍然維持輪班生活，那時他正中壯年紀，平日不曾聽他喊累，週末還能帶著球隊四處征戰。究竟什麼時間，父親開始感到疲憊呢？現在我也才明白，曾經我知覺時間的方式，正是來自父親的三班制。多少年來他輪值早班我們會一起出門：他工作，我上課；輪值夜班出門前他會打開我的房門，我們母子子夜仍然醒著；中班我得當他的鬧鐘，卻拿不準喊他的時間，幾次他醉酒未退，私心想讓他多睡一點，又擔心趕不上四點的班，焦急地來回在房間廊道。此刻我在臺北過得看似自由，其實未必自由，學業外務主軸了我的二十四小時，我多麼渴望回到平靜安穩的節奏，一如父親當年的三班制生活，那又是怎樣的日子呢。

中班

父親工廠在開車距離老家約莫二十分鐘的善化，輪值中班，通常下午三點二十五分左右出門。記得兩點五十分他會醒來，下樓來到灶腳尋找一點食物，通常是煮一碗泡麵，簡單的統一肉骨茶麵或統一肉燥麵，往往只剩我在家。我不餓，但是看著父親吃。這個時段的電視節目並不有趣，常是重播多次的國片與新聞；或者去看體育臺，播的是高爾夫或體操表演。不知為何關於父親上中班畫面，必定伴隨炙熱的南部陽光，連帶客廳也在放著光芒。那時家裡尚有兩條狗，也就是黑仔黃仔，祂們學會用鼻頭將鋁門推開，一起來到屋內吹電扇。其實從父親醒來到出門不過三十分鐘，我卻半點不敢馬虎，跟前跟後在他的身旁，下意識想要幫他做點什麼。上中班時父親會開車，我會盯著他的墨綠豐田緩緩退到路面，隔著鋁門目送他往曾文溪方向駛去。我不曾跟父親說過再見，他也不曾跟我示意將要出門。我們的肢體語言非常匱乏，並不擅長說些甜蜜的話。

父親上中班，意味著晚上他是不在家的，晚餐他不會參與，電視他不會同看。我想起手機尚未普遍的年代，母親若要聯繫人在工廠的父親，就得打電話至織廠的守衛室，接著通過工廠的廣播系統，通知父親前來回電。這樣的電話熱線是他們夫妻情感表達的方式。我不記得是怎樣急切的事情，也許根本只想聽聽彼此的聲音，母親幾乎三天兩頭去電工廠。而在瑣碎平凡的紡織生產線上，父親是否也期待來自家裡的關心呢。記得母親總使用一口咬字特別用力的國語說：「麻煩您幫我找某某某接電話」，我就在客廳靠著她的身體，學她說話，學她念出父親的名字。據說母親尋找父親的電話數量，至今是工廠的最高紀錄保持，想到這裡我忍不住笑了。

大夜

父親上大夜班，母親習慣與我們兄弟同睡，大哥後來擁有自己的臥室，就只剩我與母親同房。大夜班傷身體，父親為此長年服用養肝顧身的藥丸。通常晚餐過後父親去補眠，睡多久才夠補呢？老實說我也不清楚。約莫午夜十一點他就醒來，母親還沒睡，我也沒睡，或我睡了卻能感覺父親來過房內，他先去看過大哥了。記得星期一的大夜班，星期日午夜就得出門，星期日晚上電視固定播放「花系列」，那是母親與我的最愛，越近午夜劇情越發緊張，看到出神忘我，幾次竟不知父親來過。上夜班的父親都在做什麼？他常笑說，有時摸魚到泰籍移工的宿舍去瞇一下。夜班也會發送一碗泡麵當成消夜，價格不高的統一肉骨茶或統一肉燥麵，隔天下班帶回家，層層疊疊囤在老家的廚房。下班隔天早上八點十分，記得這麼清楚，只因我又得張羅他的早餐。父親點餐，我負責採買。是市場老牌豆菜麵，加辣，味噌湯；或路口的豆漿油條白饅頭。那時我的精神正好，卻是父親睡意最濃之際。父親吃完早餐直接睡到中午。他是怕熱的人，要我提前將冷氣打開，讓房間溫度維持在二十四二十三。

我很難體驗夜班的苦，偶爾熬夜便得花上幾天的大睡加以調整，大學時期熱衷的夜唱現在也息止了。然父親大夜生活維持十幾年，後來不用輪班，只需上早班，有次聽到他感慨地說，真正很操。

如今大哥也在父親工廠，過著同樣輪值的三班制生活，母親近年習慣早睡，然她會在客廳留盞燈。手機的鬧鐘設定，方便防止大哥睡過了頭。如果我在家，我會習慣性在十一點喊醒大哥，或者十一點前不敢睡，一如當年父親午夜終將出門。其實從以前到現在，夜班時間一到，全家半睡半醒，保持警戒，沒人真正願意睡熟。再說父親不能睡，我怎能睡太多呢。

早班

最早起床的是阿嬤，再來是二爺，然後是我與大哥，父親母親，最後才是小叔。一家七口圍在坪數不大的小客廳，各自吃著市場買回的早頓，晨間新聞已經來到氣象預報了。這個時間約是七點，一天當中，難得全員到齊的家庭時光，父親真的如同小學國語課本教的：他正在看報。父親看報有個習慣，他將報紙一大張攤在座椅，記得是《民眾日報》，他會讓報的兩翼攤在椅手，整份報紙的中間為此陷落像一個凹字，然後捧著早餐蹲在凹字前面，仔仔細細閱讀。我不知道這個蹲姿這個讀法是從哪裡學來的，卻成為我記憶父親的一個切點，現在他不看報了。為什麼父親不坐著呢？

那時我們家住著好多人，早餐時間就有人客到訪，大概我家位處路邊，鄰近市場大廟，二爺總會大聲用日語招呼。七八點多的偏鄉社區，出外的人車也特多，家前門口的柏油馬路還會小塞車。這車陣顯示著村莊人口的職業結構，他們通常在大營工業區或北勢洲工業區吃頭路，以機車族單車族居多，通向外鄉鎮的水泥橋有時會回堵，只是這畫面近年也少見了。

父親最後因為工作調度，成為管理階層，直至退休都只上早班，下班時間固定是下午四點。小學時期我喜歡估算它的車程，大概在四點十分就到騎樓歡迎他。我的眼睛真的很銳利，老遠便能判斷父親車影，無論汽車機車，一眼即可辨識出他。我一直沒有細問前年選擇早退的理由，也許他是真正工作太久。現在他身上常掛著一臺小型收音機，整個人在田裡穿梭如同一枚警報器。他說沒有這臺機器他不知怎麼活下去。我聽了心情一沉。他現在時間變多了，過得看似自由卻未必真的自由。啊，我們父子問題原來一模一樣，這事情該如何面對呢。

餘地——

積水的故事

積水終年未退，我眼前這條產業道路已不通很多年。

經此路能抵達很多地方：往前曾是我家的芒果園下州尾，曾文溪流域內的一塊廢耕地，當我年幼，它是我們假日戶外焢窯的場地，我的私人休閒農場；往前一點還有一塊橙園港仔，位置容易分辨，就在高壓塔下，因靠近曾文溪，園內分布許多細管般的水流，我常看見陸蟹烏龜靜止不動柳丁樹下，可是沒有人相信。這路盡頭是溺死祖父的二溪大橋，就在南瀛天文臺附近；也才留意這路其實與曾文溪平行，有著青瞑蛇之稱的曾文溪，至今緊貼民家的起居。

我懷疑這路曾是曾文溪的支流，非常不專業的判斷，父親卻說它昔日是臺糖小火車的軌線。支流也好，鐵路舊址都可，總之現在它是放乎伊去、淤積難行的古道了。

積水是否來自連日的大雨呢？分明水庫嚴重缺水，水情屢創新低。雨季不到的新聞電視都在報，所以積水究竟從何而來。

這路地方不知是否還會整治，記得路的兩側以前宅院無數，如今宅院都在，居民卻以繞路撤走。我正在見證一個曾文溪邊迷你小村的衰落，畫面該是植物蔓生，終至抱樹成林，活路於是漸漸變成一條不通的死路。

庄腳所在這種放乎伊去的地方還有很多。

死路在我的腦袋開通，我敲打鍵盤如山貓鏟土疏濬，越過積水直直往前，左手邊有一條岔路，岔路迎接你以一面四十五度斜坡，以一座天然茂密海苔色竹林，陽光等在林端，不小心你就誤會闖入童話故事天然布景。

我讀國民小學四年級，星期三讀半天，功課寫完，時常一人顧家，顧整棟透天厝。記得我在三樓倉庫翻出大哥的中學課本，有篇課文是資深作家張騰蛟的〈溪頭的竹子〉，那是篇選修文，排在隸屬進階教材的課本，選修課本總是開學發下來就壓在抽屜最底層，或者根本沒有提供學生，因為不在考試範圍。

我念的小學校位在曾文溪邊山勢不高的丘陵腳下，課內外讀物的資源並不常見，最常接觸的印刷品就是國編館教科書，加上選修課本又比一般課本好看，是我打發時間的最愛，我想像課文形容溪頭擁簇的竹林如何分享有限的陽光與雨水，坐在教室的我腦海對照的日常地景就是眼前這片竹林，那也是我摸索識事方式的一個初始——我喜歡將課本的圖文延伸到生活：比如農地上一座座農會補助的水塔是數學課圓柱體，秩序生長的文旦樹則是畫在大地的種樹習題。

從小我最怕的一段路亦在這竹林：摔車、目睹老婦牽車，一時手腳無力從坡頂滾下來……每聲竹林傳來的細響都驚動路過的我；每個孩童心中大概都有座古墳，專屬於我的那一座就在竹林入口，這裡也是墳場，埋葬的都是附近聚落的祖先們。天地間到處是布滿字跡模糊、得瞇眼辨識的昭和墓碑，我逐一閱讀也像完成造詞填空的回家作業。

記得坡頂有一座三合院，是那種會在戶埕外圍搭一間鐵皮屋，停放農用機車與農耕器具的紅瓦厝，院主是二爺長年簽賭大家樂的換帖仔。我到過那座三合院，為此得以在高處一覽苔色麻竹林，以及那條隱約在林間的產業道路，視線最遠當然又是曾文溪。二爺過世已七年，換帖仔大概不在了。

我也想起小學星期三，十二點半放學，母親擔心我一人顧家，偶爾翹班飆車回家，接我到那間蓋在荒郊野外的紡織小工廠，其實我一個人在家也很好，一個人除了看教科書，買一張一元的圖紙作畫，自我反鎖在與父母同睡的小房間看第四臺也很快樂，我很少看卡通：什麼Cartoon Network、Disney都不愛，我喜歡一個人看「新人歌唱排行榜」，以及重播很多次的「阿信」與「濟公」。

有一次母親連哄帶騙來接我，說工廠附近有座正在出泉的小山，頭家娘約她下班一起去玩。母親興奮神情讓我覺得平日忙碌在穿針引線的她，以及那位年紀其實小母親七八歲的同事是真的很快樂。我念國民小學的時候，村子裡多的是她們這樣二十多歲便嫁到偏鄉的媽媽，一個個皆正值「做小姐」的年紀呢。

就在這片苔色竹林，毫無心理準備的我看著不斷湧出的泉水自山上流下，我們覺得好玩卻不敢笑出聲音，我不停環顧、打量泉水的源頭，陽光不到的林蔭，整面山坡就像在冒冷汗。原本的柏油坡道如同一座天然滑水道，農用機車不斷駛過我們身旁，濺起山泉水花。關於兩位少婦與一名偏鄉孩童的下班時光，怎麼好像都不怕危險不怕人笑。

於是眼前積水除了是雨水與廢水，應該還要加上山泉水。

我想起當年年輕老闆娘生飲泉水的畫面，她真的好勇敢，我一口都沒吞下，我感覺泉水沿山而下早已混入多少雜質。是的，人工雜質。這條行走二十年的童年舊路，曾是一次登記有案的整治工程。我行走其中的不只是一條路，還是一條排水溝。

鄉民運動大會

總講一句，就是不要想太多。

聽到妳答應參加跳袋鼠趣味競賽，起初我是有點遲疑的，再得知妳負責倒數第三棒，前晚根本我不能睡，我無法阻止妳，只因妳一點都不緊張，說心適心適啊，也就是有趣的意思。妳本來不克出席，那幾年織廠訂單不斷，週末假日妳都在加班，就怪答應比賽的那位楊阿姨臨時要到奇美拿藥，村長連夜狂打電話，直接點名妳代打，妳也沒多想，主要是妳很忙，匆匆答應中午會從織廠趕來湊手腳。

那時我正念國民小學三年級，鄉內舉行運動大會，以村為單位，共計十支隊伍，然組一支隊伍並不容易，那時早有人口外移的問題，許多項目報名人數是零，村長常四處追人，連人瑞都不錯過。實則以老人童幼為主的偏鄉，圈出一支隊伍本有其困難，若能找出七八位青壯選手就妥當贏定，所以公平性是其次，最重要的是好玩、聯絡情感——心適心適。許多戶籍遷出的遊子遊女也趁機回鄉省親，我的親戚幾乎都上場了：年輕時參加過省運的父親報名大隊接力，念國中的大哥代表我們村子跑關鍵棒次，風采都是他的，我年紀太小只好當啦啦隊，跟在當村長的堂姑丈身邊幫他點名跑腿；二爺戶籍雖在隔壁村，兩天活動都在我們村的休息區，還贊助兩箱礦泉水。什麼滾車輪、兩人三腳、抓雞回籠啊都能看到叔伯嬸姨的身影。

一場運動會讓人暫時離開日常崗位，鋤頭柴刀放旁邊；運動會讓你重新認識自己的身體，我可以感覺產業道路都在拉筋、曾文溪水活絡了起來，山區一時如眾仙雲集奧林帕斯山，你們是甦醒在臺南的奧林匹克神祇。

多麼令人懷念的鄉村運動會，規模迷你，我們也有唱國歌、施放和平鴿與漫天七彩氫氣球；也有運動員宣誓，日後我都站在客廳沙發舉手模仿高喊我宣誓！運動會前幾天國中體育班組出的聖火隊便在鄉境遶境，上課中途都被通知要到校門口揮小手。

運動會場在本鄉唯一的國中，校地因緊鄰山區顯著特別大，麥克風擴音器分貝來回撞擊丘陵，我彷彿看見荔枝龍眼森林內盹龜的鳥雀全嚇醒。那日跳袋鼠的場地在操場中心，再外圍的跑道因大隊接力在清場，最外圍是高低起伏、紅白帆布搭起的休息區，然後是販售吃食流動攤販像小型園遊會，也有在地農夫將當季水果拿來地上隨意擺，像夏日農產品市集。

這些那些我都無心遊賞，我只在乎尚未現身的妳。那不是人手一支機的年代，村長檢錄點名還不見妳的人影，我為妳的遲到感到赧顏，遂隨口幫妳答有！說快到了；怕妳找不到場地乾脆到校門口攔妳，只因老早我就料到妳會忙不過來。那天車流量特多，氣勢好比建醮大拜拜，可以說全鄉都出動了。眼看距離比賽開始只剩十幾分鐘，妳太慢！記得當妳的機車從車陣中鑽出，我用力向妳揮手，大概見到妳的人放心不少，吞下了本要開口催促的話，只緩緩引導妳的機車來到我已預先佔住的車格，並在人潮中為妳開路，狀況外的妳還問我要不要吃烤熱狗，我委婉說比賽親像開始了！妳才稍微快步起來。

我們母子且穿越紅塵滾滾的跑道、抵達現場比賽已進行三分之一，戰況仍保持前三名。妳先在場邊做簡單的暖身，初始看場上大家蹦蹦跳跳還跟也有報名的厝邊仔說笑，輪到妳時臉色終於有點嚴肅，匆忙穿上代表我們村的紫色尼龍上衣，這樣妳才算正式成為選手。我幫忙重心不穩的妳將雙腳伸入麻布袋，日正當中，妳的雙手抓緊麻布袋頭預備著，像擔心太過鬆垮的褲子會掉下來，「跳袋鼠不用什麼技巧哪！」一旁的厝邊仔搭著話，妳也這樣告訴我。妳的上一棒是住在廟後的阿婆，日治時期公學校據傳體操活動彷彿她都帶頭示範，很能跑與跳，堪稱吾鄉小紀政，她將領先的距離拉得更大，引來場邊不停息的歡呼，小紀政的下半身還沒抵達終點，媽媽妳就奮不顧身衝向前了！

和妳同時出發的是兩位就讀五專的青春期少女，天啊，她們腳底根本裝彈簧，其中一名的隊服是銀黑色，跳得既高又遠像漁市現撈仔的活跳蝦，我眼珠都要掉出來了！才一下子妳被狠狠超越，名次瞬間掉出前三名，我在場邊嚇得只想蓋自己布袋，眼不見為淨，還隱約聽到場邊有外地不識相的看客批評妳的速度，說這是誰家的啊？我心想媽媽妳再不快點，就名副其實成為袋鼠屎了！這時我注意到妳嚴重跳歪還搶跑道，擔任評審的剛好是我的小學音樂老師，我看著他跑向前去試圖帶路，立刻我也跟著奔出去——

其實見妳手忙腿亂、越跳越慢，我有想哭的衝動，想偷吃步把當作邊界的三角錐移前一兩公尺，更恨不得變成妳的腳，想妳沒事幹嘛把自己裝在麻布袋受罪呢？也怪自己沒有阻擋妳報名。妳幾度踉蹌、氣喘吁吁，折返時麻布袋已經下滑到膝蓋，讓我以為看到妳年老行動不便的樣子，而我是一隻跳出母袋鼠肚衣的小袋鼠，體型大到再無法回到妳的袋穴，只能跟在妳的身邊小跑步。我要媽媽趕快，妳因此亂了方寸，好幾次差點跌倒，我該喊的應該是加油吧！然從來為我拍手打氣的都是妳，怎料到有天妳也需要加油！

當天比賽結果為何，不如就讓它成為我們母子的祕密。一場跳袋鼠趣味競賽讓妳發現自己有了年紀。妳掌腿長達兩個禮拜，上班看顧機臺還要拉張高腳椅坐著，妳說今後要找時間多運動，說得有點空泛，但很真心，聽來像運動也是妳的工作。

那確實是妳工作最忙的兩三年，除了當職業婦女，日常的祭祀活動、三餐料理以及外婆起居，我完全接收到妳忙碌的訊息，而學著做家事。每天中午完成功課，我會從灶腳清到客廳、大門口，我真的很會打掃，附近的嬸婆姆婆如臨大敵，因我太愛動會給她們壓力；我也喜歡看第四臺電視購物，心底一直嚮往擁有一支魔術拖把和伸縮型長柄刷。

那幾年，每天下午四點最怕接到妳從工廠打來要加班的電話，加到幾點妳也不確定，於是每個整點我都到騎樓等妳。星期四是吾鄉的夜市，星期四也是妳們工廠出貨的日子，我升上三年級，剛擁有自己的房間，日日沉浸在替書桌床頭櫃移位的遊戲，滿頭大汗像跑過三十圈操場；我極想買一隻鬧鐘，而且是貪睡型的，我相中很久了，連幾個禮拜在夜市遊蕩，就怕它被挑走。

記得那天下班已經十點，妳趕緊騎車載我到鐘錶攤位，攤位收掉一半，老闆客氣地打開視線不明的後車廂，讓我就著車內小黃燈挑選。我忽然為我的任性感到罪惡；我忽然認不出心中預定的那一隻鬧鐘，我知道時間很晚，妳很累了，隨便拿一隻就走。

近年工作量驟減的妳，生活重心轉到果物的栽種，妳說這是勞動不是運動，於是在電話中提到近日晚餐過後都和嬸嬸堂妹組成散步隊伍，沿著國小菜場步行半小時。我先替妳開心，卻神經質起來：鄉下照明不足，感覺有一點危險，不如改成黃昏運動吧？我知道很多根路燈故障也無人修復，你們千萬小心靠邊走，拿隻手電筒絕對比較安全。萬萬千千的顧慮我全沒有講出口，因我知道妳會說，這位兒子，你會不會想太多！

農暇——

後山蝴蝶洞

沒有蝴蝶也沒有洞，只有位置在後山是正確的，那是一九九六年，我小學四年級，開始擁有自己的友誼，一臺黑色越野腳踏車，每個讀半天的星期三，幾個同學衣服也沒換即騎車集合你的家門口，我們下課前就在學校約好，說兩點半要去後山蝴蝶洞。

那時我正著迷衛視中文臺的臺灣探險隊，遂也把自己當成外景主持人般仔細觀察天上腳下的一切。小學四年級，中斷了數學的補習，新到的男導師教書三十多年，是我阿公的年紀，他的班級經營是放牛吃草，為此本班成了全校秩序最黑的班級；我也在那時學會講髒話、比中指、邊走邊吃東西，奇怪放縱的教育卻激出我的學習力，可能看著本來乖巧的同學一個個變壞，內心有所警戒。我好像也是四年級開竅的，買了許多參考書自主學習，自行設計考卷、規畫讀書時間表，深切渴望探索課本以外的世界。

從不派回家功課的阿公導師，意外促成一支無所事事的探險隊伍。我們的探險路徑其實就從這山走到那山，山的內容是人家的果園，植的是高大野生土檨仔，也就是土芒果樹，全程走完花費半小時。你當然是領頭的，那時你就在鄉間騎彎把手的變速腳踏車，速度快如閃電霹靂車，疾行時全身弓如一隻熟紅蝦，其實身高還不太夠，騎得挺勉強，卻是我以為男生該有的樣子；整個後山都是你的領地，你會故意繞一條得經過兩座據說是日治古墓的路，為此讓隊中女同學嚇得抓緊你的運動服。其實大內多的是丘陵地，我家也有好幾塊田在山坡地，然我從沒有登山探險的經驗，這又是為什麼？又或者下田於我就是上山健行的同義詞，最根本的原因是我容易活在自己的世界，忘記從小就生長在山裡面。

如目睹一支緩慢沒入丘陵地的偏鄉孩童嬉鬧敢死隊，在學校中表現出色的我在人群中是最不起眼的，那時我就察覺團體生活並不容易，為了引起他人注意，時常故意走慢，結果最後迷路又落單；我很會念書，置身戶外卻一無是處，而你是孩子王，更像天生動植物學家，語速超快地向我們分享你的蝴蝶洞故事，每個週三下午我都被妒忌的幽魂纏身，沒有女生會注意我，男生中我又最羸弱，放大缺陷同時感覺自卑，忘了自己也能是一隻蝶。

蝶般的南部兒童在芒果森林冶遊，長大後我才意識到隊內多是弱勢家庭的小孩，之所以有時間在外懶懶蛇，也許是家裡沒閒管，或者沒錢送去安親班：比如是阿嬤帶大的阿香，以前常覺得她是最好的玩伴，隨便約都能出來，其實是她阿嬤收水果忙不來，阿香有時也載妹妹，都緊緊摟住姊姊的腰；又比如下課也不回家的阿汝，也是阿嬤帶大，中午放學的路隊和我同一線，所以我知道她都去蘇珊家做功課，挨到黃昏再搭興南客運回曲溪，玩太晚錯過公車，蘇珊媽媽乾脆送她一程。那些因著提早放學，在文具店、鞦韆、涼亭、同學家晃蕩的身影，如今突然都有了故事、長出形狀，而我是不是來自弱勢家庭？應該不是，也應該是。我的營養午餐費都準時繳交，每一次戶外教學都報名，只是週三放學家裡同樣沒人管。

帶隊的你應該不是，你只是成績不夠理想，在學校當康樂股長，長得像漫畫靈異教師神眉的男主角小廣，喜歡把袖口捲至上臂，也常把蒐集而來的四驅車一臺臺擺在課桌像汽車大展。我小學時就注意到你的眉型相當特別，小廣的眉型也很特別，像永字八法的第一撇，只是眉色太淡，見頭卻沒看到尾。

實則以後山蝴蝶洞為核心，輻輳而出的大斜坡、廢棄風景區、萬應公、無數的田埂路、以及你的家都是我們野放的範圍，我並不知自己正在進行頑童歷險記，搭建偏鄉兒童樂園。記得大斜坡頂端正是一座高壓電塔，那處也是吾鄉置高點，得以看見曾文溪橋、北勢洲工業區、啤酒製造廠排出的白氣；長度兩百多公尺的大斜坡是我們的露天滑梯，陡有四十五度，中段有個髮夾彎，大家玩命似尖叫俯衝，女生衝得尤其快，只有我愣在鐵塔底座探頭，直至挨到周邊剩我一人，才按緊剎車小心翼翼向下滑。

雖是如此，山頂上的我是真的快樂，並感覺幻想成真，因當時國語課本有篇文章大概叫「到後山去」，課文插圖是群站在山頂遠眺的孩童，教室內的我邊習字邊幻想其中一個就是我。為什麼如此渴望後山？龍瑛宗也有一座後山，他也在山頂看著如模型的村落：媽祖廟、貧戶區、市街，龍的後山成為他小說的一個角度，但凡涉及故鄉書寫，其景物排序、描容、布置都埋著一由高下探的敘事線；而我大概是想看點不一樣的吧！侷限於偏鄉的孩童，因著教育終於開了眼界增了視野，說到底都是為了日後的離開做準備。

據說下大斜坡如果沿途不煞車，不須踩踏板，腳踏車最後會剛好停在你住的五樓透天厝，這也是我們固定登頂的理由，此遊戲想必你實驗多次，你總是衝太快，把後山當成賽車場秋明山。而在一片三合院叢林突地冒出的一成排透天厝，其時也是本鄉最豪奢的建物，是我們探險路線的終站，除了做短暫的休息與喝水，重點是參觀你的家、你的個人房。我們常在不開燈的樓頂樓腳跑到全身是汗，其中一間和式裝潢的榻榻米屋最是吸引眾人目光。木質地板在鄉下甚為稀罕，拉門與屏風與壁櫥只存在卡通電視，是的，就是多拉耶夢的壁櫥。每次幾個男生會裹著被單如日本鬼怪從壁櫥竄出，在那場遊戲中我當然也是落單的，你們主要是嚇女生，我卻跟著叫不停。

記得遊戲結束，你會帶我們到尚未請神安座的五樓公媽廳，笑說是來收驚，根本新的八仙桌組還包著膠套，在這個光照充足閒置空間，亮得大家睜不開眼，你還說歡迎來到西方極樂世界。我們走到前陽臺，倚著女兒牆吹風，吹風讓我有想哭的衝動，人人閃著羨慕眼色，我也羨慕著，你如風水堪輿師東西南北比畫，像在描述人生遠景的表情讓我非常震懾，那正是我的父母爭吵最為激烈的時刻，也是班上大量學生轉出、在崛起中的新市南科買房的年頭，而我能做的只是吹風再吹風；我們也到後陽臺，那處是曬衣場，綠色遮雨棚摺疊南國的日頭光，即使下雨也不用趕著收衫，下午四點多，你家雖與學校一段距離，卻因山勢地形的撞擊效應，仍能聽見國校的鐘聲，那鐘聲讓人醒。

如目睹一支緩慢沒入丘陵地的偏鄉孩童敢死隊，二十世紀最後十年可以說我們沒有白活。而為什麼你的生命最後收於一場意外。接到消息我即決定從臺中返家，機車行至轉往你家的路口，看到悼祭你的花圈與花籃。多麼熟悉的路口，這裡有我們一群偏鄉孩童的漏網鏡頭，而我彷彿看到開朗、大方的你在前頭喊著：阿閔快跟上來！快！我放慢車速不敢多讀，車子幾乎熄火，隱隱約約瞄到天妒英才、英才早逝的書法字，這件事是真的。你家外面搭起喪棚，多麼熟悉的騎樓、電桿、透天厝。那個下午我來回騎了不下五十趟，始終沒有轉進去，最後在心中向你告別。

我小學畢業到鄰鎮念教會學校，與本地同學斷了聯繫，彼此斷了聯絡至少十年，當初那支偏鄉孩童車隊有的留在本地讀國中，或者因扶養問題搬入城市，重新回到父母身邊。二〇〇五年如果順利，我們都要念大學，正是春風少年兄的年紀。

前陣子在臉書偷偷鍵入大家的名字，中文名搜不到就換英文名，才發現不少同學成家立業，並當上爸爸，阿香阿汝臉書放的是婚紗照，當然是嫁了。我完全沒有勇氣送出好友邀請，坐在電腦前如目睹最後失蹤於偏鄉丘陵地的一支孩童隊伍，想到當年領著我們前往後山蝴蝶洞的你，以及自大斜坡俯衝消失在山腳的身影，這是不是我們共有的性地？——後來我們的人生都衝太快，我們應該慢慢來。

敘事——

鄉村漂浮物

一

其實我想寫的是浮萍、菱角、布袋蓮……小學三年級自然課的進度來到了「水生植物」，教育我們的李老師領著全班二十位同學走出教室，大家都很興奮，那也是初次意識到自然不會在課本內，我需要實作和踏查。

當時國小沒有天然或者人工的生態池，我們來到校園牆邊一戶有著日式磚瓦的平房人家——以前我就羨慕家住校邊的同學：渴了回家開冰箱、衣服穿錯趕緊回家換。平房屋主是名言笑晏晏阿婆，大家都喜歡她，日常她除在家照顧襁褓的孫孩，全校營養午餐的廚餘也由她親手處理。中午十二點三十分，各年級的學童提著餿桶先後集合在阿婆家門外。我從沒想過全校十二班的廚餘最後都去了哪裡？倒是記住阿婆耐心地從雜色湯汁徒手挑起長骨頭，細緻分類包括魚骨、菜屍、米粒，咬痕清晰的半塊麵包。阿婆從不讓我們插手，我也只是站在旁邊呆看，只一回廚餘份量過重，她要我幫忙撐住桶底，我心底抗拒，因桶底極度油膩，完事我不斷搓揉著衣角。

那日自然課上到一半，我們集體跟著李老師步入阿婆家，平時是進不來的，即算倒餿水等不到她，也只在門外探頭喊人，這次見著埋頭為我們處理餿水的阿婆，專注地在擺滿植栽的院埕曬植物，院埕齊整地擺滿盆景、一株玉蘭花樹、竹竿當衣桿，換洗的衣物，是我心中的最理想的庭園建築。

阿婆家有一座緊貼磚牆的方型池子，多年來李老師固定來此戶外教學，我猜想那池子本只是蓄水池，阿婆因著怎樣的心緒將它活化成觀賞池呢？南部山區的上午十點，二十名學童趴在池邊看得入神：水上植物與水下瑜伽中的黑蝌蚪、四腳仔……這是一則關於純天然教材、大自然小教室，以及心靈開放與封閉的故事；關於山城孩童學習比對荷花與睡蓮的道理，我記著阿婆彎身撈剩菜剩飯的樣姿，還有當年池中僅此一朵、唯一一朵拔高生出的大紫蓮，現場大家驚呼連連。

二

我怕池子、埤塘、積水處……農村水池常有內容來源不明漂浮物：農藥塑膠罐、保力達B，農藥勺子，廢棄果袋，連鎖飲料店的保麗龍杯，以及翻肚的蛙屍鳥屍，層層疊疊的果樹落葉。

我心中的農村池仔粗略分成地上池與地下池，池子因是人工砌成，尤其方正，每座池仔遂像寫在農村的數學題目，那時騎車在農村看到池子就開始想它的長寬高：地上池測驗著你對容量的概念，我家也有一口，據說政府補助，水源來自天然雨水，塔頂拉上一層黑網；地下池就是一口井，總在一場急促雷陣雨過後，因著井口藏在與人齊高的叢內，田地又因排水不良，瞬間化作大水池。當時母親常常為了摘一串荔枝一串龍眼，冒雨來到危機四伏的廢田。我氣她同時氣自己，彷彿荒郊野外母親一定會踩空、一定會出事。

三

畫面是我們兄弟站在彈簧床，對著牆上一幀幼稚園畢業照瞇瞇眼——大哥正向我指認死在二爺柳丁園的那具浮屍，大哥說：「他叫張阿凱，他站在我旁邊！」那年夏天，張阿凱在離家不遠河床地發現一座新池塘，脫個精光跳下去，不諳水深最後溺斃。鄉村不時有孩童溺斃溪邊、圳溝的新聞，問題是張阿凱出事的地點，不過是座土堆與土堆間隔而成的大洞，事發前天附近農人請怪手開挖的，卻因連日西北雨，大洞形成臨時池塘。

我的小學年代，睡前喜歡注視大哥的畢業照：學童齊整穿上藍色學士服，無數的偏鄉小博士。我仔細辨別每一張熟識的小臉，其中張阿凱膚色白潤，表情呆滯，身子緊貼著大哥。不知為何對著鏡頭的他兩眼充滿恐懼，完全不像是愛玩水膽子大的野孩子。

四

陸續傳來池塘填平的消息。

陸續傳來一樁樁建案的成立。當我年幼，臺南縣境都在蓋房子，時常跟隨父母親去看工地秀，初見許多歌星的廬山真面目：陳盈潔、羅時豐、王瑞霞、方順吉……四處都有破土剪綵的園遊會，路邊常見一片荒地與一座莫名隆起的小土丘，立著一根紅柱，以紅柱當核心東西南北牽起七彩顏色的三角旗網，會有一間玻璃預售屋，兩層樓高的鷹架，三D效果的城鎮藍圖是我想像世界之初始，我天天騎腳踏車在看板下發愣，那時鄉村天際線十分乾爽，沒有太多高樓建物，民眾開始出現抬頭動作，為此發現這邊那邊的天空，晃著一粒粒熱氣球。

熱氣球漂浮處向你述說有人正在蓋房子，熱氣球多像臉書打卡符號，天天我也夢想其中一粒熱氣球飄盪處就是未來我要落腳的家：麻豆熱氣球、新市熱氣球、善化熱氣球、官田熱氣球……大內太落後，建商看不起的溪邊陋地，上世紀最後十年升起了第一粒熱氣球，白色球體襯著白色天空，看上去十分模糊。開幕當日我趕來看球，以及繫住球體的線索和它的基座，房價非常驚人。鄉民都在偷偷觀察誰是第一批遷入的住戶，十多年前的事了，不知道現在還有沒有空屋呢。

地號

港仔

七月二十三日星期四（晴）

今天早上我拿著昨天買的空白帶到朋友家錄音，直到中午才完全結束，中午把書桌大掃了一番，因為我發現書桌太多東西了，所以移動了很多東西，不久就回房間寫講義一大堆寫都寫不完，然後和爸爸、哥去田裡我們必須經過一個小橋，橋下是小魚，木板的小橋必須脫掉拖鞋才不會弄髒，到那裡我和哥哥並沒有幫忙卻玩了起來，爸爸把地毯鋪下來我坐了下去好舒服。四點多媽媽也來了她和爸爸去包芭樂，我和[2]哥在接球不久就回家了，回家一看爆走兄弟六點，[2]爸和[2]叔和大舅公在家喝酒然後我洗完澡後，就在房間玩我吃了豬排，然後看了世間父母，九點我們去夜市，回家後，我們就在看電視，不知覺中就睡著了。

寫於一九九八年七月二十三日星期四的這則日記，是《小花甲日記》之中唯一涉及港仔的書寫，文中提到的小橋小魚至今仍是記憶港仔故事的起手意象，這塊緊鄰曾文溪的河床地，曾經種的是芭樂，地上爬的是溪蟹，是所有田地之中唯一水與土相連的夢地，如今它的一部分沒入曾文溪，一部分成為堤防路，而我已無法辨識它的真正位置座落何處。只記得隔著曾文溪正是山上區的天后公園，我還特地騎了二十分鐘機車，只為跑到公園涼亭對著溪的這岸比畫，急切地向身邊同學解釋我家的田就在那裡。同學說他看不到而我越講越不清，分明港仔確實清清楚楚就在眼前。

清清楚楚的港仔故事如今還有一筆日記留存，我解讀日記一如解讀十歲的自己，我讀到的是關於港仔的故事，也讀到一個山村藍領家庭的田園故事。

原來那個暑假我仍玩著錄音遊戲，鎮日帶著一臺卡式錄音機遊走三合院叢林，以為終能捕捉來自祖先的聲音。我像是在天地間不停拋出問句的後代，執意在高溫燒烤的戶埕等待公媽的應答。我想問些什麼呢？我想聽到什麼呢？那個暑假幾乎早上吃完早餐，我就坐定書桌發狂寫作，寫的故事背景就在大內，故事都是對話沒有描述：你一句我一句，有點類似劇本但其實都是自言自語。暑假作業早就完成了，我有自己的東西要寫。中午祖母也會開伙，吃得比較簡單，我是個不能午休的孩子，午飯過後我的身體忍不住就想往外走。其實至今我仍不能確定，自己是否算是個宅男，然而鎮日在鄉野之間冶遊是一定要的。七月二十三日星期四那日午後，我與大哥就跟著父親來到了港仔，這件事日記寫了，我也還記得。

讀著日記最吸引我注意的那塊地毯，父親從織廠帶回的劣質品，多年來都被我們拿來當成坐墊，記得地毯每次攤開總有一兩隻四腳蛇跑出來，因為相當保暖的緣故，父親曾說甚至有隻小蛇就地蜷縮冬眠。父親替我們兄弟布置好休息區就飄走了，人生各自努力，我想我們兄弟是來亂的：打扮是最容易被蚊咬的短袖短褲，要是母親知道絕對不會允許；而如果此刻真正坐下來就是來野餐，但我們沒帶任何食物，只有機車後座固定放著幾瓶悅氏礦泉水。我們帶的是棒球手套與一顆棒球，沒辦法，坐不住，只想來港仔練習接傳與打球。我們最常拿來丟的根本是滿地的落果，有時丟向前方高壓電塔基座，有時逆著方向丟向曾文溪流。港仔是我們兄弟的最愛，這裡可以玩的把戲實在太多。

那日約莫四點過後母親也來了，她的工廠距離港仔只有十分距離，我不知道她是否先行返家或者直接過來，下班下田直至現在都是她的習慣。我們一家四口難得聚集在田裡，加上港仔田地極其隱密，方圓數百公尺內根本沒有人煙，只有國中校舍的晚自習鐘聲持續傳來。港仔田地種植的芭樂賣不到錢，家中歸季都是種來送人為主，會來包芭樂大概也是為了成熟之後得以分送，眼前這個傍晚遂也像是父母工作之餘難得的戶外約會。我們兄弟安靜不去打擾。七月二十三日的日記沒寫，我也知道畫面最後一定是父親載著大哥，母親載著我，一前一後行經在兩邊盡是椰樹檳林如同原始林場的河床地。港仔用走的太遠，只有祖母願意步行，我們會途經一間豬舍，一座鹿寮，一排養兔場，我們兄弟手中會各自握住一粒芭樂，等候時機想要向林蔭深處丟擲，大哥丟了而我卻緊緊握住直到抵家。

星期四也是夜市，從田裡歸來之後，門口前的馬路已經形成一條夜市街，我家對面的豬牛排攤位排成人龍。此時我們會被命令要在騎樓的水道頭下把腳洗淨，一行人回到家陣仗相當龐大，總會引來對面攤位人客目光，於是趕緊進門拿起衣褲進去浴室換洗，那年暑假我們家的廚房浴室重新裝潢，剛剛裝上的蓮蓬頭是我的現代玩具，隔著水流不久我有聽見客廳傳來大舅公的聲音。

喔。大舅公已經過世好久了，日記讀到他的身影，我也嚇了一跳。我有三個舅公，二舅公是玄天上帝廟的管理者，小舅公則是媽祖的乩身，每次出巡大舅公都會跟在他的身邊替他看前顧後，小舅公忘情地操砍，大舅公立即噴上幾口米酒消炎止痛。晚年大舅公的腳路退化，時常與祖母揪團包車去看腳，車體內聊到不知天南地北，我很幸運能夠親睹這群老姊弟的手足情。司機偶爾是父親，我也跟過幾次，好像是去安南區十二佃附近的國術館。七月二十三的日記我寫著大舅公與父親正在客廳喝酒，我想下酒菜大概是夜市買的。

說到夜市啊，我的晚餐多年來每逢週四都是吃對門的牛排攤，點的定是豬排，我是上大學自己買才吃牛。從小我不喜歡坐在路邊人擠人，都請老闆直接端進我家客廳，像是自己有個小包廂，自詡洋派地在祖母面前使用刀叉吃排。攤位沒有提供玉米濃湯，卻有免費紅茶喝到飽，我也不好意思續杯，然而茶桶就放在路邊，幾次看到路過行人跑去倒來喝，讓人想起古早時代的奉茶亭，老闆也不會阻擋，看了心底覺得相當可愛。

七月二十三日星期四晚上我們看了八點檔，逛了小夜市，八點檔正在播的是《世間父母》，女主角是陳美鳳，片頭曲是孫淑媚唱的〈明知已經無緣〉。我記得還到夜市買了這張卡帶；那年暑假看來我的生活十分充實，用自己小學五年級的語言形容，那日晚上最後是不知覺中睡著了。我的日記從來沒有記夢的習慣。如今我的解讀像是二十世紀港仔故事的延續，倒也像是某場夢境如實來過世間的證據。

邊界——一個人的試膽大會

故事不如再從曾祖母入殮說起。

一九九九年國曆十二月二十二日，冬至，當晚促狹的騎樓插插插，大概擠了三四十人吧。等待良辰吉時的空檔，客廳內執事的土公仔突然端出腳尾飯，接著表情詭譎，手勁輕巧地從飯中拈出一粒熟鴨蛋，像失物招領——他口氣淡定地問現場一干子孫：誰人欲食？聽說這粒蛋有壯膽功效，全場面面相覷；土公仔又說：可以給囝仔做膽喔！我的心裡有不祥預感，才打算閃到路邊躲起來，這時忙著披麻帶孝的阿嬤立刻大聲喊咻、生怕被親戚吞走一般：「阮閔仔啦！阮閔仔蓋無膽！乎伊食！」

天啊！這位太太，你怎麼把我的祕密講出來啦！

只是承認吧、我的膽子真的不算大。

怕鬼、怕看殭屍片，怕聽靈異故事，結果從小最愛看靈異節目：《玫瑰之夜》、《穿梭陰陽界》。小孩子太愛睏，撐不到十點，隔天我就追著母親重述給我聽。白天她很忙，通常是晚上，我從小沒什麼睡前讀物，也沒陪睡錄音帶，床頭故事就是鬼故事。楊媽媽的有聲書，其中一則發生在飯店，大概說半夜有人急敲門，睡夢中的主人公從門上的貓眼看出去，驚得發現門外等著一名臉上結有蜘蛛網的拍密仔。

母親有語言天分，說得生動，加上她平常做紡織，把那拍密仔形容得像披頭散髮的痟婆，還有毛線啊、珠珠啊。我後來在外租屋就不太敢看貓眼，容易被門鈴聲響嚇到。

我也是看殭屍片長大的。暑假大哥常去租林正英的《殭屍先生》、《殭屍家族》錄影帶，然後邀來鄰居小孩圍在客廳練膽，阿嬤在客廳撕四季豆也跟著看。我最愛看又最無膽，都將椅子搬到騎樓像看露天電影，這樣電視螢幕感覺比較小，殭屍也比較小隻。那時我們每天在騎樓學殭屍跳；喜歡玩暫時停止呼吸的危險遊戲；有個猜拳遊戲就叫僵屍切，對啦！就是那個「僵屍的耶耶僵屍切！」

最早念的課外讀物也是鬼故事：《屍變》、《日本鬼故事》，看完就在我家騎樓露天開講，像王祿仔賣藥，只差沒有手持小蜜蜂，也沒送聽眾洗衣粉。最常講的段落發生在停屍間，其實我根本沒去過，什麼這個時候，冰櫃全部自動打開！碰！碰！碰！（腦袋想的是冰箱吧。）一具屍體突然九十度站了起來（當時數學在上量角器），他的臉上有雪花，悽慘的臉啊，身形又高又大，穿著禦寒的棉襖，兩手直直伸向前！（是在說聖誕老人嗎？）

大白天我講到全身顫抖，快要僵成一根冰棒，有個聽眾半途就嚇跑了。

怕的事情很多：怕蛇、怕狗、怕警察、怕救護車鳴笛聲，怕搬家時膠帶封箱的聲音，怕半夜扛棺吹吹打打的嗩吶……時常被笑無膽無卵葩。

小學四年級前我都在自家門前小便，幫造景盆栽澆花，從客廳走到廚房只需五步路，這樣也不敢，好幾次尿到一半，剛好被路過的同班同學目擊。鬼月更麻煩，據說晚上會灑到好兄弟，大家又在看八點檔，就得抓住廣告時間，盧著母親陪我到廁所。一樓如此，更別說上樓，樓上根本地獄。有次全家在客廳準備看《天眼》，我不小心在長藤椅睡著，母親先把我抱上樓，結果半路我就醒了。這下害了，一個人固定床鋪不敢妄動，兩眼金金，為什麼這麼怕？當時我家斜角有戶喪家，他家喪棚的紅色警示燈，不巧通過光與影的奧妙變化，剛好打在我家二樓陽臺，而我看著一閃一閃的紅光，通過窗簾又打入我的房間，這是不是要傳達什麼暗號給我？我怎麼可能不怕呢？

從小一個人顧家，天天都是我的試膽大會。屋內的去處只有兩個：房間或者客廳。房間是阿嬤出門下田前，先陪我上去的，接著就將房間反鎖，等到樓下鐵門拉下的聲響傳來，我就知道整棟屋子剩下我了，電話響了也不敢接；在客廳我會不停轉電視，沒裝第四臺的日子，下午時段多是重播連續劇，其中一部叫《青青河邊草》，每次我就在客廳唱完片頭曲才甘心轉臺；也有國劇節目，裡面角色都會瞬間變臉，我不太敢看；主要停在健康養生的頻道，教人如何控制胰島素啊，飯前飯後測血壓，奇怪就是從不教人練膽。

其實啊，沒人在家我怕，有人在家我也怕。我阿嬤以前常說：「家己厝內有啥好驚！」真的，怎麼有人會怕自己的家？

最怕三樓神明廳，大概它總是暗暗的，其中一盞長明燈壞了十年，只靠另一盞給出亮度，日常生活大家忙碌，只有祭祀時間才來。

主要是通往神明廳得經過小客廳，我和大哥的遊戲間，從前我們在這裡打紅白機，大哥念國中後，沒人跟我搶，而我愛玩不敢上樓，一個人時覺得音量太大吵到祖先，也覺得祂們都坐在我的旁邊。我都叫二爺陪我到三樓的樓梯間，並交代不要跑掉，等我開機就緒，一切OK才放他走。老屋子老客廳的日光燈有點秀逗了，有時五分鐘才亮，有時根本不亮，我就嚇得鬼吼鬼叫把二爺擱在旁邊衝下樓。那時我最喜歡玩《冒險島2》、《瑪莉三代》，玩得出神，靈魂都要飄走，遊戲結束，天都黑了我才知道怕，這時搖桿扔著逃離現場，全部電源都沒關。

害怕神明廳會不會跟我父親養鴿有關？我以前常在神明廳看著父親踏上陽臺欄杆，踩上去之後，他的高度逼近天棚，接著蜘蛛人似跨到隔壁棟的女兒牆，多麼驚險的特技，日日在我眼前上演，日日我提心吊膽，他會不會突然跌下去？三樓不算太高吧？身後的公仔媽若有在看、也會保佑吧？父親在隔壁空屋養一整層的鴿子，他的遊戲間，到現在我都不喜歡鴿子。

說不定也跟母親有關。每年春節送神前夕，母親拎著一架長梯在神明廳內外刷刷洗洗，這個好媳婦也讓我神經綳超緊，拚命勸阻她不要洗！太危險了！神明廳不夠寬敞，放著小金爐的陽臺狹擠，這不是適合人類活動的空間。我焦慮地在一樓馬路邊徘徊，心臟無力，看著三樓陽臺的母親手持黃色水管，站在梯子上下移動，高度同樣直逼天棚。母親有暈眩症頭，如果重心不穩怎辦呢？地上全是水、水管，不注意腳底打滑就從三樓摔下來。

所以怎麼有人會怕自己的家？誰來給我一個神回覆？

前陣子回家買了燈泡、延長線，一個人摸黑在神明廳牽牽扯扯，以前小學自然課在教室接線路，我永遠分不清串聯與並聯，燈泡最後一定弄破。那個晚上燈泡終於全部亮起來，才發現到我居然不怕了，膽子大了。當年要我吞下熟鴨蛋的阿嬤是不是看在眼底？她的照片剛擺上去。

我走到陽臺吹風，視線與更多樓仔厝的神明廳平行，暗夜中亮著一對、兩對、三對紅眼睛，而我就站在這老屋子最高、視野最好的地方，在僅有的兩盞長明燈的指引下，轉過身來。初次我把神明廳看得清楚，同時看見祢們一個個笑著向我走來。

七月——小祖先的故事

有時我也分不清那是暑假的記憶還是鬼月的記憶，或者兩股記憶交錯，而故事場景通常是酷熱的天氣，也可以是強颱過境，我人正在客廳翻著日曆，心想明天可以去哪裡。

有時也分不清我是期待暑假還是期待鬼月。暑假太長，鄉下悶得令人心慌，作業已經寫完，只剩遊記部分不知如何是好。沒有夏令營安親班的村野生活，只有鬼月是活動滿檔。

整個鬼月我家就有四場拜拜，鬼門的開與關都要拜門口，十五則是到廟口參加普渡，這就三場了。農曆七月初四是家中一名男性祖先的忌日，據說他四歲那年因食龍眼不幸噎死，後來叔叔過繼他的香火，也就由我們負責祭祀。他是楊家來不及長大的小祖先，連阿嬤都不曾見過，距今已是日治時代半世紀前的舊事。

實則我家祭祀活動都由阿嬤張羅，她的老人年金都花在此處。神明廳因設在三樓，放假在家的我就得負責端上端下，為此練出一身好手腳。讓我告訴你這當中難度最高的是湯，通常是芹菜貢丸湯，怕熱於是要用條抹布包覆碗側，速度一定超慢，端得小心翼翼，眼睛死盯浮浮沉沉的五顆貢丸，就像是在特技表演；難度最低的不外乎是水果籃或飲料，水果都是自種的當令果子，飲品則是拜我愛喝的麥香奶茶，不是都說越簡單越好，卻搞得如此盛大，所以鬼月我家總是吃很好，畢竟拜了四攤。

七月初四的忌日拜拜，等待一切妥當，燒香時阿嬤會邀我來湊一腳，我的年紀已經大過眼前這位祖先活在人世的歲數，畫面於是看起來就像一個孩子正在祭祀另一個孩子。

這些祭祀活動的記憶是鬼月的，也是暑假的，沒有風扇冷氣的神明廳，還要在三樓狹仄的陽臺守著金爐燒金，現在偶爾走到神明廳，想到的都是從前阿嬤大粒汗小粒汗的模樣。

主要是她根本走不動，樓梯於她來說真正是用來爬的，加上祭品太多的緣故，邊爬手中同時掛著一袋紙錢，這樣就能替我省下一趟。從小容易緊張的我，每每害怕她會重心不穩，突然來個倒頭栽，家中只剩我與她，我怎麼扶得起她呢？我甚至異想天開要在一樓裝置流籠，當時自然課正在教滑輪之類的原理，心想如果可以直接掛上去，也就省得大家費力。有時我也會動怒，有什麼好拜的呢！她就會講七月時仔毋通黑白講話。七月時仔是我們形容鬼月的說法，我想起阿嬤以前最是忌諱人在鬼月過世，總是希望能拖就拖，而眼前這位早逝的小祖先就是死在七月。

神明廳旁邊是座小客廳，等待香過的時間，阿嬤會小睡片刻。小客廳有臺小電視，這時輪到我的紅白機時間了。難熬的南部熱天午後，不知道小祖先有沒有一邊吃著祭品，一邊跑來偷看我在玩什麼。

不當學生之後就不能算有暑假，如今只剩鬼月年年歲歲準時抵達，鬼月的記憶因此不斷增延，引領我們祖孫的祭祀故事走得更長更遠。只是家裡有誰記住這位小祖先呢？熱衷拜拜的阿嬤已經離去，所有忌日統一安排在重陽節，對於時間感知的方式不太一樣了，可是我仍記住數十年前，楊家有個因著吞食意外喪生的孩子。我會提醒自己也告訴家人，未來拜拜的時候，水果籃內千萬不能放龍眼。

地號

垃圾場

曾祖父是在農曆六月二十八日過世的，再差幾天就是鬼門開，據說當時發落的都是曾祖母，顧及停棺一月實在太久，天氣酷熱，加上沒有好日，於是頭七做完就送出去了。那是民國六十七年左右，父親正在左營當兵，接到電報偉士牌機車緊急北上臺南；祖母則說曾祖父已經生病很久，夜夜輪值留守他的病榻；曾祖母活跳跳，張羅一切，極其繁複的儀式都照應到了。喪偶的她當時並不曉得，人生還要獨活三十五個年頭。

我對於曾祖父的印象自然是一片模糊的，聽說喪禮其中一項是雜耍特技的弄樓，因為家屋鄰近馬路沒有空間，於是整隊披麻帶孝移至媽祖廟埕表演，廟門為此還關了起來，我們一家是媽祖的老鄰居，媽祖也懂人情道義，把廣場讓給喪家。我初次看見曾祖父的遺照則是在伯公家的三樓佛堂，我讀高中，老實說有被嚇到，他的面容分明笑著，看起來精神好，是個輪廓深且漂亮的老先生，我被嚇到只因他的五官並非手工畫作而是一張現代攝影，背景雖是假的，P上去的那顆頭卻無比寫實。這個祖先離我不遠。我看到的跟我的父親、祖母、曾祖母看到的是同一個人。

我們家業可以算是曾祖父打下來，為此才能覓得現在街上的三間樓仔厝，一間給了伯公，一家曾祖父母共住，一間則是我所生所長的家。另有一間在街上租賃他人開藥房，曾祖父一生打拚在民國六十年代至少留給後代四間房，真正庇蔭後世。而我以後能有這番成就嗎？

我對曾祖父真正的印象應該是他的墓。他的墓坐落家鄉一座巨型垃圾掩埋場，從此我們就以垃圾場當成壙場的代稱。而我的人生如果真有開了眼界的一刻，那也是親眼目睹一座又一座的垃圾堆，天啊至少十幾座操場的面積。白日高溫讓空氣盡是令人掩鼻而走的酸臭，我清楚看到有人在垃圾堆中穿梭收拾，有幾臺藍顏色的垃圾車正在進場排隊。曾祖父的壙身雖與垃圾場相反方向，不時仍能聞到操米摸的味道。只是每年掃墓我都忍不住跑來眺望垃圾堆，這裡收集著臺南縣境不同鄉鎮不同家庭不同來源的不要的事物。而我不知眼前堆疊如此驚人的垃圾場景，到底該稱呼它是坑還是山，我心想所以曾祖父也算是埋在垃圾場嗎？

只能說垃圾場也有好風水，清明掃墓大地遊戲，最期待就是來到埋骨曾祖父的垃圾場。年輕的祖先，墳前墳後忙碌灑掃的每個晚輩，多少都是見過曾祖父本人的，因而相較其他更久遠的祖宗們，打掃曾祖父的墳墓心態上比較親暱也比較謹慎，有年因為墓碑上的字漆脫落，還特地拿來一桶紅漆補色，印象中伯父還是堂姊一筆一捺細細畫上的神情非常震懾我；曾祖父的墳墓不算大，但基本配備都有，墳邊方位蓋著一間后土小廟，裡面坐著一尊瞇眼笑著的土地公，那年我們初步整理墳身雜草之後，各自坐在墓拱歇息，小堂哥即從冰桶挖出一塊碎冰，拉著我快步蹲在小廟前細心擦拭起了土地公，同樣瞇眼笑著說要幫土地公洗身軀。如今想來也有一種敬老尊賢的感覺。小堂哥中學時期就走了，如果後來順利長大成人，我相信此刻一定是個友孝的人。

垃圾場在二十世紀最後十年停用，曾祖父墳墓同時重新撿骨喬遷，彷彿發生了如同呂赫若家族小說〈風水〉的故事。通向垃圾場的山路完全封閉，此路不通，最後成為荒郊野外的一部分。掩埋場則是劃入高速道路用地，這塊地號在我生命中徹徹底底消失。只是我還記得那些日子我開始愛上蒐集垃圾車造型玩具，晚間收拾垃圾時間一到，我總幻想它們繞了鄉境好大一圈，最後閃著燈號駛向內山，理當就會行過埋著曾祖父的墳邊道路，一臺垃圾車會配著一曲〈給愛麗絲〉，十臺垃圾車就有十曲〈給愛麗絲〉。我想像他們走完各自的路線，最後車隊準時來到掩埋場集合，我彷彿看見垃圾的坑與山之間，夜色中無數輛垃圾車的工作燈號正在熠熠閃爍，無數曲〈給愛麗絲〉同時響起。

動畫——

一百六十九歲的故事

小學三年級，我生了場重病，印象請假超過七天，大概是求學生涯之中時間最長的，不太記得病的內容了，大概又是感冒久而不癒：發燒、頭痛、四肢無力……病的大同小異，病的ＳＯＰ，病中故事大抵都是昏昏沉沉，我卻清楚記得山村早上十點的樓厝客廳，我正蜷縮身體平躺長椅，椅面是大理石材質，感覺冰冰冷冷。

國校鐘聲不斷傳來，十點的下課是二十分鐘，第三節課，我的鄰居都去上學了，我的國語習作沒有寫。沒人打開電視。

這時曾祖母走了過來。她問也在客廳的阿嬤說：安怎沒去讀冊？

無人車而青壯輩出門上班的早上十點，白天客廳沒有開燈，阿嬤拉大分貝，不斷重複告訴聽力受損嚴重的阿奏說：人艱苦啦！艱苦啦——

阿嬤其實也在生病，只是病得太過日常，她自己時常忘記。

這對資深婆媳前後不知呼喊了艱苦多久，阿奏才抓到了關鍵字，說艱苦喔——像是同時說給自己聽。

接著我就發現曾祖母對天喃喃自語，下意識我起了身，看到她對著放光的門口、柏油馬路，雙手合了掌，祈求說要我康健快點好。

阿嬤嘻嘻笑著告訴我：你看！阿奏要你卡緊好起來！她的口氣驕傲，倒像是說：你好有福氣——

那年曾祖母高齡九十八。那年阿嬤也六十五了。歲數相加超過一百六，我得到的祝福超過一百六十，也就是重量級的意思。

當年的艱苦是如何康復的呢？我也不記得了，當時我正九歲，所以歲數加上來是一百六十九。畫面最後就剩下客廳場景，兩位女性長輩的身影，多麼奇妙的構圖，像是記憶切面，大理石的紋路，插枝一般嵌入客廳的土腳，有了一種全新的觀看視線，源源不絕地向我述說來自曾祖母、我，以及阿嬤的故事。

如今她們都已離開這個世界，然而我們共同創造出來的時間，卻是大於一百六十九，並且年年歲歲不斷增延。現在讓我來告訴你什麼是一百六十九歲的故事。

銅鑼燒

小學三年級的戶外教學，我們去了苗栗的西湖渡假村。旅行的重點並不重要，當時教育我們的導師，已經連帶我們三年，這是最後一次我們共同出遊。

除了西湖渡假村，我們也去看了三義的雕刻，去程回程我們經過火焰山，也就聽了許多關於鐵扇公主的故事。

我對火焰山的記憶不只是鐵扇公主，有次阿嬤形容人要瀕死，上氣不接下氣的樣貌，就叫做人在過火焰山——

阿嬤揣摩得相當逼真，看起來非常艱苦，當時她正向家人描述一個長輩快要斷氣的模樣，各個聽得入迷，像是上了一堂生死學課程，我在客廳卻被她嚇得快要掉出眼淚。我不知是否因為臨場感太強，眼前畫面告訴我：這就是未來她要經過火焰山的模樣。

南下巴士過了火焰山，一段時間之後，我們抵達了休息站。

從小跟隨阿嬤出去遊覽，休息站作為旅程的中繼站，不只是為了上廁所，重要的是隨她人擠人，去逛擺滿全國各地風土名產的販賣部，目瞪口呆看著齊整排列的罐裝醃漬物，阿嬤手指這罐那罐下不了手，我則初次驚見了小叮噹的銅鑼燒。

鄉下糕點店是沒有銅鑼燒的，這個來自日本動漫的巨大符號，多年來如同一記銅鑼，來回撞擊在我的童年世界。

為此巴士進了休息站，多數人都留在車上，少部分的同學去了廁所，只有我衝去要買銅鑼燒，即算我不是真的多愛。

記得販賣部只有我一個九歲孩子呢，跟著一群大人學著手指這盒那盒，好不容易搶到手中，趕緊扯了一只塑膠袋，從人縫中鑽了出來。因是剛剛出爐，奔回車上立刻引來全班側目。我突然覺得自己成了貪吃的班長，更像被老師發現教書三年以來未曾見過的一面，還差一點就誤了發車時間。

從小我便懂得出門要帶禮物回家，鹽酥雞不能只買我的份量，去買手搖飲料要五加一，有糖無糖條理分明。

銅鑼燒在我的懷中持續保溫，車已經快到家了！現在我也才知道，自己是當時少數能有閒錢去買伴手禮的學童。

且讓我們把故事的視線從火焰山、休息站，挪移回到樓厝客廳。一日南北來回，就算精力旺盛的孩童也是會累的，而我像剛從極其遙遠的所在歸來，攜回一袋火火熱熱的銅鑼燒。

晚餐時間全家起鬨，說要我快拿兩顆去給阿奏，還要強調是特別買來送她——

我才想起不曾買過禮物給阿奏，忘記獨居在鄰棟二樓小坪數的她，也是我們家的一份子。

然而送禮給阿奏讓我十分為難，包括立刻我就察覺，這是個大工程。阿奏幾乎沒有聽力，我該如何清楚告訴她這是我的心意，心意盛大，聲聞十里，一如我手中燙手的銅鑼，而我買的不正是銅鑼燒嗎？

最後躡手躡腳，拿了兩顆銅鑼燒，來到了阿奏的暗房。阿奏多年來彷彿活在無聲世界，當時仍是自己煮自己吃的她，正在更換方才禮佛完畢的黑衣，坐在床頭稍微歇息——

我怕嚇到了她，固定先敲打門板發出聲音，她最容易被冒失的我剉到。

接著我把銅鑼燒遞到她的眼前，沒有發出任何字句，手指比畫：扒碗吃飯動作——這是我們一干曾孫最常對她做的手語。我們的默契。

銅鑼燒放在她的手中，推入她的胸口。我不知道阿奏吃了沒有，我要趕快跑下樓！同時聽到背後像是傳來阿奏宏亮如同銅鑼的喊聲，她說：燒喔！

最後晚餐

不知你有沒有跟人瑞共食的經驗呢？有段時間，似乎是阿奏不再自己煮自己吃，每個晚上我都得去她的二樓暗房，手語比畫要她下樓吃飯——

同個時間她在禮佛，分神看了我一眼，我喜歡她對我點頭，嘴巴念念有詞，表示知道了的樣子。

阿奏到訪我家晚餐的故事極其貴重，幾乎讓我不捨得將它寫下。時間長短我算不出來，也無法估算。老人輪流吃向來是家族課題，或者半個月，或者一個月，記得我們開給阿奏的承諾是，想去哪吃就去哪吃。對於當時尚能自行走動的她，聽起來似乎是相當灑脫的臺詞，其實是把問題丟給了老人家。

不再自己煮自己吃，主要是年紀真正太大，同時來到我們眼前的問題，正是近年熱門的長照問題，只是人瑞的長照又是多長？

與我們共同面對問題的是業已年邁的伯公姆婆，他們吃得簡單，過慣兩人生活，兩個老人突然需要照顧一個更老的人，歲數相加將近三百，現在想來也是奇聞軼事。

因著我家日日開伙，吃飯不會撲空，阿奏於是日日都來；可能她是賞識阿嬤廚藝，或者她也期待晚餐如團圓飯的氣氛，鬧熱滾滾。後來乾脆變成習慣，每天傍晚由我負責恭迎她老人家，一路看前顧後地領她進門。

看前顧後是一種怎樣的位置呢？那也決定了你如何看待長照阿奏的角度，形成怎樣的敘事方式，攙扶其實並不容易，施力點拿錯，你可以被絆倒也可以絆倒她。你要步步為營，就怕逾越了倫理。

無論如何我們是擁有了一段相當難得的共食時光，而每天的晚餐都可能是最後的一餐。

多年來晚餐都是阿嬤在張羅，家人工作都在附近，沒人搬去城市，一家七口，當時二爺也還在，加上阿奏總共八口，客廳椅子總是不夠坐。

而八人份的飯菜又該如何料理？我們習慣各自夾了喜愛的配菜，來到客廳收看中華職棒或者電視新聞，同個時間阿嬤則和阿奏一起留在廚房飯桌吃。

飯桌緊靠牆面，形成一個長方形，阿嬤坐在長邊，阿奏坐在短邊，每晚她們都是一起吃的，畫面沒有聲音，幾次我就看到阿嬤挾菜給阿奏，阿奏則是挾回去給她，我總是低頭快速走過，內心早已感動得一塌糊塗。

在我眼前的兩位女性，已經當了數十年的婆媳，數十年來她們活在同個屋簷，從三合院走到樓仔厝，一起面臨各種折磨，如今平穩享用一頓晚飯，這又是多麼的難得呢？而我是何其榮幸得以親眼見證，得以和她們挾同道菜，喝同碗湯，吃同斗米。

晚餐過後，大概七點半左右，阿奏來到客廳坐著，一家八口擠在一起，加起來又超過五百歲了，印象中父親相當調皮，故意挨坐阿奏身邊，傻孫般地戳著阿奏的垂胸，阿奏的衣著十分素樸，沒有紋路，穿起來感覺很涼快，她會對著父親笑，輕拍父親的手。

還能走動的最後幾年，阿奏白天最常來的就是我們家。沒事她會晃到我家廚房看看——阿嬤又忙得昏天暗地了，家事完全顧不來。當了阿嬤一輩子的婆婆，阿奏不會不明白。這時她會幫忙洗碗筷，多少分擔一點媳婦的工作。媳婦也是個老人了啊，阿奏更老，她都快要一百歲了呢。

灰乎灰乎

灰乎就是灰燼，寫成灰乎感覺那灰是顏色，那乎是聲音；或者倒過來，那乎是形狀，灰是聲音。念著灰乎像是偷偷在灶口吹了一小口氣，而眼前是一片濛濛迷迷。

眼前迷迷濛濛，視線變得不很清晰。我家後院有個三坪大的小空間，是從廚房延伸而出的加蓋，起了一口灶，接了一支通天煙囪，大概下午四點，阿嬤會來到這裡燒開水，我則幫忙加班的母親收衣服，兩人各自忙碌。

我有一張阿嬤的照片，就是偷拍她在燒開水，她不給拍，總說她拍照不好看。

大概是我國一國二，每年尾牙本來都是安慰獎的父親，不知為何抽中一臺相機。相機立刻落到我的手上，從此我像長出了另一隻眼睛，三天兩頭跑到住家附近的相館裝底片，毫無目的在村子內外胡亂攝像。

我拍了許多今已拆除，消失的古厝、巷路、行人，那是新世紀之初，阿奏剛剛過世，世界在我眼前的樣子。

那也是世界在阿嬤眼前的模樣嗎？從此不再發落阿奏的吃食，結束了長達四十年的媳婦身分，這張照片拍的雖是背影，不知為何，給我一種心事重重的模樣——阿嬤正在燒洗潔水，這份工作偶爾也會落在我的手上，通常又是她忙不過來或者人艱苦的時候。

人艱苦啊——阿嬤晚年時常坐在客廳長椅，不常出門也沒田作，她掛在嘴邊的就是一句整個人很艱苦——

每次聽到她在客廳如此呢喃，我總是慌得不知所措，是否當時她就在求救了呢？她的內臟正在病變，而我的警覺不足，也沒通知任何人，以為只是慣性的說詞。

阿嬤嘴裡喊的艱苦，直至今日，我都查不出病因出於何處。可能來自心中從不說出的內心話？

她真的很少述苦。她的艱苦先是來自沒有說、之後是不能說，最後則是忘記說。

我是一個不會點火的孩子，因著燒水從此學會生火；我也不是一個喜歡玩火的孩子——蔓延的火勢如同蔓延的敘事，你偏愛的故事往往都是具有節制，但卻令人不安的特質——傍晚蚊子特多，顧火特別無聊，這時我喜歡隨手扔幾顆蕃薯進去燜一燜。

蕃薯不知是誰送的，任由它在後院兀自發芽長葉，生命力特別強盛。蕃薯當然也是偷偷放的，小心翼翼地還將灰乎覆蓋上去，祕密一般深深掩埋在高溫窯口盡處，像是準備要給全家的晚餐加菜，要給阿嬤一個surprise。

記得燒水時間總是與許多卡通強碰，我一下子跑到客廳看個十分鐘，一下子又衝到灶口關注火勢。我是一個坐不住的孩子，前後來回好幾趟，很快就忘了埋在灰乎堆裡的蕃薯。

最後就把蕃薯燜到消失，真正化成了乎。這件事直至今日，我也沒有告訴過任何人。大概是燜太久火太大，整粒完全燒盡了吧？或者是誰偷偷挖走，這樣想比較浪漫。我猜答案更可能是我埋得太底，才會沒看到蕃薯的影子。我才是一個藏最深的孩子。

天色完全暗下，只剩灶內微弱火光打在我的臉上，我突然有點害怕，而窯內除了灰乎還是灰乎。誰來告訴我，後來他們到底都去了哪呢？

底氣——做事人

曾祖母九十歲仍能扛鋤頭爬陡坡到殘仔芒果園做事，長久以來已是家族流傳的一樁奇聞軼事；大伯公終身都是做穡人，種田人，以前我都寫成做事人，也是做到八十幾，大概遺傳曾祖母長壽能做的基因，很拚。鄰里、親戚都是能做的人，總有錯覺，我是生在一個康健家庭。

算起來阿嬤太早退，實情卻是做到不能做，身體零件紛紛報修，不得不退。當時她才七十左右。先是脂肪瘤，再來是腸胃功能，腳路方面的問題則是老問題。阿嬤離世年紀是八十二，換算前後大概十二個年。同個時間，我因升學正在離開大內：麻豆、臺中、臺北……越跑越遠。

退下來的十二年，她都做什麼呢？阿嬤不會騎車，從前行腳半個鄉鎮完全ＯＫ，老了需要人載，沒車種田實在不夠方便。現在偶爾想起了她，畫面總是她在路上的樣子：赤炎的日光，她在走路，走在鄉間兩邊是芒果樹木的產業道路，以及她逐漸變形的腳腿，而我只會騎單車，載不動她，也不敢載她，車子在她身前身後繞著，看她走得喘沛沛。

家裡看似田地多，都是畸零地形，這讓她忙不過來，治理缺乏規畫，這邊做一點，那塊做一點，漸漸地，許多祖公屎形同抛荒，收成平平淡淡。主要是家人各自工商，動員時間只在週末。人手到了是一回事，收成後的各種雜役，零零總總，多年下來只憑一雙腳，到底她是怎麼做的？民國八十八年、八十九年，阿嬤從忙了一輩子的田地徹底退場，我們都鬆了好大一口氣。

起初她偶爾還到田裡走看，名義上說是運動一下，後來乾脆放乎伊去，可能真的累了，正式進入現稱退休的銀髮生活。

父親近年也退休，曾有一段時間頗長的調應期，調得異常辛苦，他的內心可能感覺徬徨，感覺焦慮，感覺四處能去卻又無處能去。我總會想：阿嬤當年又是怎麼轉換？

阿嬤或許也替自己鬆了一大口氣吧！她很ㄍㄧㄥ。全家的勸退是當年彼此表現關心的方式。我們因著擔心勸得急，我們也因著自身無能，勸得更急。我想她是有一點快樂的，也有一點欣慰的。

阿嬤從前上田沒有規畫，下田自然也就青青菜菜，享受兩字無法精準對應到她的真實生活，我也不喜歡如此形容她。

只是突然沒事可做，是否就能更為自己而活？不知為何我也想不起來，下田之後，日常她都做些什麼？家裡白天就她一人，偶爾坐車出門看醫生，午餐隨便吃，自己轉電視，在家接聽各種詐騙電話：喊她阿母的，喊她阿嬤的。據說有通接起劈頭哭喊：我乎人綁票啊。後來她跟我們轉述，極其淡定說她告訴對方：你毋通卡電話來亂，你要去找事頭做。她是指人家太閒呢。

日子大抵隨著身體變化而變化，阿嬤沒有參加過老人會，沒有單獨參加任何一場進香，活動範圍日益縮減，最後就剩坐在門外看車潮人流……我才發現脾氣很大的她原來相當內向。

發現是否正是祖孫書寫的入徑呢？祖孫書寫涉及至少三代，表面上是祖與孫之間的故事，中間缺席的父母世代，往往也是關鍵的所在，缺席致使傳承不再線性，傳承如何理所當然？祖孫故事表現的或許正是傳承的困難。這個傳承包括語言、記憶、故事……等。

有個故事特別動人，我有聽進去。國中時期，某天放學之後，我才知道，她自行搭乘了興南客運，回到了生她養她、仍有一群弟妹居住的娘家。

我從不知阿嬤是會搭公車的，何況是班次相當難等的山線，通常上車要與司機再三確認，搭錯車就害了；我也不知道年過七十的她，獨自走回少女時期的老家，心中正在想什麼？老家早已翻修成了樓厝，而弟妹也已當了人家的阿公阿嬤。手足重逢昔日扶持的院埕，這個畫面總是特別吸引人。

我不斷追問，她說先去大舅公家啊，又去小舅公家，說午餐大家搶著一起吃，最後則是也住附近的姨婆搶到了人，並在傍晚由丈公開車親送回家。她說整個下晡都在老家四界行踏，而我彷彿聽著跟著來到一九四〇年代的島嶼南方，目珠瞪大對著一名赤腳女孩說：未來！你是我的阿嬤！

年邁的阿嬤回娘家，一直是我相當入迷的一種話題，小說〈逼逼〉或許即是此一話題的延伸。從小我喜歡隨她回到緊鄰曾文溪水地山邊聚落，像是為了前來認識她的出生、她的弟妹、她的婚嫁，她的喪偶、兒女成家，當了阿嬤，然後突然無事可做……

二〇一三年六月阿嬤過世，九月《為阿嬤做傻事》出版，中秋連假，我與幾名同學，兩臺機車，惡少一般騎回了阿嬤的娘家，我是前來找誰呢。

跟隨當年阿嬤領我四處走晃的路線，我也去看了舅公，找了姨婆，甚至去了當年祖父亡逝的溪邊，一間據說供奉受難者的小廟宇，曾文溪水，廟庭古厝，我又是為何而來。

有張我與姨婆的合影，手上拿的正是《為阿嬤做傻事》，我支支吾吾告訴她這本書寫的是東是西，卻一句話都說不清楚。

身子止不住地抖動，血液在我的體內沸騰，而她將我摟得緊緊。

如今我才大澈大悟，我寫了一本關於阿嬤很傻的書，而我在做的也是一件很傻的事。

地號

河床本事

不知道按了什麼，在YouTube看到一支影片，內容是二溪大橋的啟用典禮，畫面相當擁擠，幾乎看不出是座橋，橋面走的是人，停的是神轎，沒有車流。當地的庄頭廟也來助陣，我聽到宋江陣的擊鼓聲，也看到起乩中的遠親戚。忍不住傳給家人看。

從前我要去祖母的娘家，走的都是水泥建材的舊橋，它在民國九十年因著納莉風災沖斷三截。那個上午放颱風假，聽聞大橋封閉，大哥還特地開車載我前來，只想遠遠探個究竟，沒料到幾小時之後橋就斷了。隔天我又騎著母親的機車，拿了相機來看斷橋，留下許多照片。回家之後客廳東西南北比畫，努力想向祖母形容我所看到的畫面。祖母兩眼瞪大，她是在民國四十二年左右從橋的那端嫁至橋的這端。

但我想說的不是橋的故事，而是橋下的曾文溪水，以及沿著曾文溪水地修築的白色河堤，還有那堤防內外的河床故事。

恰恰在我中學六年之間，曾文溪進入了它疏濬築堤黃金時期，此時大水仍然襲擊沿岸居民。二十一世紀的曾文溪也在積極轉型。我常騎車從二溪橋打右轉入河堤，順著河堤向下游無目的騎去，一邊是並不湍急曾文溪水，一邊是景觀多端山區田地。

沿著白色長堤直直騎下去，途中得以經過四座或者更多童年我曾經驗的老土老地，我才驚覺原來自己半數時間生活在曾文溪邊，只是從來不曾也不敢靠近曾文水域。

中學時期無照駕駛的我，花費許多時間騎車在鄉間魂遊，我的身體正在發育，我在想什麼呢？河堤路線是我最常出沒之地。路上飛沙走石，行動中的巨臂怪手，一臺又一臺的砂石車在我左右。青春期的我把自己騎進了工程之中，身處危險但不怕警察也不怕死，憑著雲的走向與風的溫度判斷這塊地與那塊地，現在它們全部化成河床地。

它們是一分大小不到的下洲尾、中崙仔、寮仔、港仔地……甚至因著大水沖積改道消失——我不知名號的。這些只存在口耳相傳之間的地名，光聽口音彷彿就能看到其時的地貌地形，多少年來隨著曾文溪的流速走向，漸漸成了我內在的國土。

一條河堤路反反覆覆騎了十幾年，除了想像力，是還有一些例外的故事，如同小學自然課本教你通過石頭大小形狀判斷上下中游，偏偏就會找到難以歸類的特例。讓我慢慢沉澱，慢慢告訴你。

之一　下洲尾

河堤路的第一段我們抵達了下洲尾。下洲尾如今只剩下一棵土芒果與一座廢水塔，多年沒有看顧，水塔從前還是自費加上補助而來。可以想見心思曾經花在此地。然而此地又下又尾，位置已經相當逼近曾文溪。

下洲尾種的都是土芒果樹，以及一點點的柳丁，田中不知何故幾個大窟窿，曾經拿來當成蓄水池。這塊地不算大，但因土芒果樹的氣勢逼人，視覺縱深比較立體，加上鄰近溪埔地菅芒花海的緣故，它始終給我無限延伸且無有盡頭的感覺。

土芒果樹比較高，摘採工具需要長竹竿加上一個網袋，然後找到施力點就用力斢下來。臺灣不少產業道路兩旁就是植著土芒果，夏日落果擊中路過騎士的新聞更是時有所聞。下洲尾田中總是擱著摘取土芒果的長竹竿，它們呈現的姿勢：橫在地上，靠在樹幹，立在池邊，像剛被放下或者正要舉起的樣子，或者隨意丟棄的失神狀態，這也是下洲尾給我的印象。

以前沒有多想，開始留意到下洲尾本質是河床地，我才想起雨季大概不宜來此耕種，太危險了，內山突然溪水暴漲或者上游水庫緊急洩洪，逃生不及那就完了。下洲尾在我腦海的最後畫面，因而像是一場剛剛結束的劫難，像是慌亂中竹竿什麼扔著趕緊逃跑，自然是沒有看到半個人的。

印象中老家附近圖書館，頂樓曾經裝設一組霓虹看板，選中圖書館大概那是聚落少見的高樓，方便四周居民得以望見，但凡上游水庫洩洪紅燈就會即刻亮起，村子廟口也會適時放送——原來我們生活長期處在警戒之中。有段時間，夏季暴雨，我就立刻跑到三樓陽臺探看襯在烏黑天色之中的水情燈板，當時下洲尾已經沒在耕作，家人應該不會身陷危機，然而只要燈板一亮，我想到順著河堤且與下洲尾連接的每塊農地，擔慮是否溪邊還有農民並不知情。

也想起我們以前經過二溪大橋，分明無風無雨，萬里無雲，卻見溪水陡然上升，夾雜浮木柴枝，水速還特別快，祖母神情惶恐，說著內山應該是在滲大雨；或者說曾文水庫有放水。為此從小學會想像內山玉井與楠西的天氣，即從曾文溪當日水面高低看起。

警戒中我們還是去了下洲尾。小學時期，父親在鄉村組了一支壘球隊伍，成員十七歲上下左右，多是四技二專五專的學生，鄉村男孩的壘球隊伍，離家與返家的命題，自我成長與愛情故事，感覺可以是部HEN勵志的電影，他們假日多半報名參加俱樂部聯誼賽，沒賽我們就在各地國中的操場練習，據說我是這支隊伍的小小祕書，負責管理壘球用具，謄出出賽名單，趁機練習打擊率與防禦率。那次不知是誰發起要來下洲尾夯罵，因而每個男孩騎著單車或者無照駕駛來到下洲尾，其實也不是全員到齊，有人還在上課，有人要去當兵。聽起來倒像一場某段敘事終將結束的日戲。

記得烤肉區架設在水塔隔壁，這樣取水方便，比較寬闊，我獨自一人在捏揉焢窯用的泥球，結果泥球供不應求，才剛完成隨即被男孩當壘球拿來練手臂，他們認真丟擲，彷彿再出力就可以拋向河中心。男孩也四散田中拿著長竹竿在挽芒果，他們通通打起了赤膊，黑乾瘦的體格，感覺下一步就要褪去下褲助跑跳入曾文溪。

小小祕書自得其樂地玩著泥土，一粒一粒堆疊成塔，從小不易跟人打成一片，我並不知該如何率然脫去我的上衣，但我真心羨慕那樣的自信那樣的情性，聽說他們將要陸續離開大內，可以考機車駕照了，或許很快在外城鎮成家，漸漸離開生養的曾文溪地。不知為何那日我腦袋浮現的卻是小祖先的身影，現場大概只有我知道這事情。

曾祖母有名三歲即因吞食龍眼早夭的小兒，來不及長大的小兒，多年來都由我們家供奉祭祀，他的忌日很不巧的是在農曆鬼月。聽說下洲尾在未來名義上就是要分給祂。一個日本時代生在臺南州的小男孩，我心中的小祖先，下洲尾是祂留在人世間的一塊地。

那日祂就站在我的身邊嗎？距離離開人世超過七十年頭，眼前全是與祂同樣生在曾文溪邊的男孩，只是年紀早已大過祂因吞食龍眼意外猝逝的年紀。

我就失神想著，忘記看顧中的烤肉串，火種似乎就要燒完。同個時間，彷彿看到男孩隊伍從溪谷方向拔腿狂奔而來，他們呼天喊地、神色慌張，長竹竿丟在地上，他們像是目睹一場即時災難，是山洪暴發嗎，讓人看了忍不住害怕了起來。

他們光亮亮的身影由遠而近，黑色體格逐漸放大，聲音逐漸明朗，蹲在水塔邊的我趕緊站了起來。這才看見原來是抓到了好一大網的溪魚：草魚、南洋鯽仔、大頭鰱……彷彿同時看到小祖先坐在芒果樹上微笑比耶。今天我們在下洲尾是滿載而歸。

之二　中崙仔

那日午後二爺騎車載著祖母與我，最後又來到鄰近曾文溪的這塊地，我不知在地人如何稱呼它，甚至忘記它有個名字叫做中崙仔。可以想像此地許是個隆起的小沙丘，較之四周的河床地稍微高一點。

再次聽到中崙仔的發音是前陣子從長輩口中，不知為何話題談到過去十幾年的幾場惡水：納莉、莫拉克……至少我有二十年沒有聽過這個地號了，它的命運如同下洲尾同樣成為堤防的一部分。中崙仔更靠近曾文溪，所以定是在堤防內。

早年祖母不走產業道路而沿河流水勢，從下洲尾可以步行至中崙仔，然而我已失去辨識方位的能力。為此一次失去了兩塊地。

因為二爺就有自家的田地系統，從小常陪他四處尋田，我才有了兩倍以上的土地經驗，這是我的福氣。

那日中午放學，擔心放我一人在家，大概我也想去，於是又跟著祖父母來到了中崙仔。水果園像是我的安親班，我是自己的玩伴。直覺吧。不知為何當日遲遲攀在二爺背上不肯下來，為此整人呈現熊狀像個愛撒嬌小男孩。這塊田種的是大頭丁，間距相當緊密，從外圍看進去幾乎沒有光線。田頭有座三面式寮仔，像候車小亭，或堆或掛形狀殊異的農具，只有二爺知道東西擺放的邏輯。

趴在二爺背上的我似乎嗅到了空氣中不安的異味，我們三人才剛走到了亭前，一眼我就清楚撞見正在農具之間緩緩爬行的蛇身，此生見過最大尾的眼鏡蛇在此隆重登場。

當下我即從二爺的背移至祖母的背，就是不肯落地，接著驚天動地哭了起來；二爺同時拿起了地上鋤頭——想盡辦法要將蛇引至寮外。祖母與我退入看起來更兇險的田中，才剛來我就逼問還要多久才回家。

那日午後我死命爬在祖母的背，隨她在暗摸摸的田中摘採野菜，祖母為此整個下午揹著其時小學二年級的我，她腰痠背痛已經好久，每晚我被委命幫她貼各種膏藥布，當然每次都貼不準，雖是明白如此，我仍死命攀著，眼淚沒有停止下來，並不清楚自己到底在哭什麼。

大概以前寫到這邊，故事就會轉向二爺與祖母的情事糾葛，然而兩老都已作古，土地全部湮滅，面對這段記憶我只能更虛心也更誠實，到底是二爺給了我兩倍以上的土地經驗，讓我看到更遼闊且更複雜的世界。

二爺從前是村子裡酪梨班的總指揮，也就是班長的意思，那時我念小學也是班長，大哥念國中也是班長，一家都有領導才能。二爺時任酪梨班長，我常跟他四處拜訪農友、走踏農藥行，農友都聚在農藥行。買農藥附贈帆布袋，就是現在很流行的，回家轉贈祖母讓她拿來裝些農作道具，去田裡很方便。夏季全班出遊北上參訪肥料工廠，真的好像戶外教學，自然我也是座上賓。

印象中遊覽車集合處就是我家門口，二爺一個星期之前如同總機先生，打電話確認名單是否攜伴，二爺也攜伴，所以祖母也跟著出門了。上世紀最後十年，無意間我竟尾隨一支銀髮農友隊伍，他們都從日治時期走到民國八十幾年，遊覽車歲數加起來超過一千歲。

有回參觀有機肥料工廠，南下回程車子拋錨國道，於是緊急下了交流道，我們大概停在永康鹽行一處等待救援，車上眾多阿公阿嬤好耐煩剛好能補眠。新型遊覽車下層通常拿來放行李，然而一日小旅行無須大包小包，於是整個儲藏空間閒置了出來，立刻成了臨時臥鋪。遊覽車內跑上跑下的我，看到七八個阿公大概坐椅子不好睡，童心未泯溜到下層打通鋪躺平平，這畫面讓我驚呆，感覺像是高校男生出遊才會如此瀟灑，他們該不會還有偷偷攜帶象棋出門吧。

記得走進臨時搭建而成的睡覺場景，踮起了腳尖，最後忍不住我也跟著躺下去，容易午休失眠的我自然兩眼瞪大，現在回想倒像是一種集體生活的事先預演。中學時期，大學時期，因著營隊，我也有幾次十多人睡一間的經驗，我常想起當年跟隨酪梨班遊覽車出遊，年事已高，筋疲力盡，於是撞見一阿公隊伍呼呼大睡的畫面。猜猜看，那日我有沒有睡著呢？

之三　內在淹水區

納莉風災過後，有天，父親請我帶著相機來拍下洲尾，那時河堤正在築起，路況並不容易，記得騎著單車來到堤上，路上都是砂石車與怪手機。我根本不知下洲尾如今身在何處，那日我穿著一件白色上衣，上面的紋路是撲克牌的紅心A，青春期的我日日一張撲克臉，但我真心喜歡這衣。出發前父親再度提醒：記得拍出被水淹過的樣子。我們像是要去申請受損證明。

站在修築中的河堤上，在我眼前盡是大水肆虐的河床地，大水當時越過了河堤，所以堤內堤外都是淹水區。我不知道災難如何如實呈現，虛擬或者擴增都無法清楚述說當日眼前實境，然也許我的心靈需要一點虛擬也需要一點擴增。內在世界如同沖積沃土越疊越高，高臺就要形成，鐵軌就要鋪下，文明就要誕生，這是二十一世紀的創作課。

後來沖洗出來的照片，不知有否順利通過審核，我手邊一張都沒有留下，這下又是空說無憑。記得我們對著照片研究半天，說這棵是芒果那棵是柳丁，搞了半天最後發現根本拍錯方向，還熱烈討論，努力想像它們東倒西歪面目全非的樣子。傷害是可以比較的嗎。受損需要區分等級。這些都是上個世紀的研究題目。如果重回那年風災現場，我仍然會努力捕捉下洲尾的樣子，然我更想留住小祖先的故事，告訴自己這塊地一路走來的歷史變化，這樣具體多了也比較踏實。

這倒讓我又想起關於打赤腳的記憶。河堤竣工，日出黃昏常有居民來此運動，一次我就跟著母親來走康健步道。康健步道距離下洲尾一段距離，它比較靠近中崙仔，也靠近即將登場的港仔地。凹凸不平的露天步道，隨著日曬雨淋又顯更加凹凸，現場不少退休教師或者家庭主婦也來動動手腳，我們母子赤腳走在上面不停哀嚎。較之赤腳走在田裡更加難受，卻不知究竟誰比較苦痛。赤腳似乎更貼地表也更接地氣吧，幼稚園大班，一次赤腳後院玩耍，踩入一根大鐵釘，我被嬸婆側抱在胸，母親抖動雙手拔出釘子，從此之後對於赤腳存著陰影。那根釘子像是一枚隱喻。如果沒有康健的腳足，未來如何繼續走下去呢。

這樣想來，我大概有點自足，可能也不夠浪漫，所以我需要一點擴增一點虛擬，世界它要我把心打得更開。

科技時代的人文項目，未來更是需要大量自傳敘事，而你的故事就是最好的故事，並在說故事與聽故事的路途中與更多故事相逢，故事與故事的交集處，便是虛擬或者擴增的基礎。如同燒怕電，如同曾文溪水來到大內山區來個急速轉彎，我的故事為此也繞了好幾個彎。技術越是更新，自我形貌越發明確，媒體與文體之間當是雙向的鎔鑄，虛擬與擴增都只為了豐富你既有的內在，像是身上撲克牌造型的素色上衣，讓人感到形單影隻，可那朵炙熱的紅心A喜，看上去卻是越開越紅越大，下一秒就要彈出視窗，飛到你的胸前。

之四　港仔

少數美好的田園經驗，全部集中在一塊叫做港仔的田。港仔附近沒有港埠，早年據說是擺渡的岸頭，從這頭渡到對面一塊叫做山上的聚落，沒有水泥便橋的年代，曾祖母率領姑叔要到新化看姑婆，聽說就是於此搭乘竹筏浩浩蕩蕩十人隊伍渡溪而過。

臺灣大概存在許多擺渡的故事，湍急的溪水藏著更多湍急的故事。我來到港仔已不見擺渡人，但確實對岸距離真的不遠，可以清楚看見一河之隔的山頭有座涼亭，多少年後我才知道那處叫做山上鄉天后公園，我曾隨著美語班來此烤肉喝雞尾酒，表演兒童話劇《哈姆雷特》。

港仔之所以讓人反覆重寫，於我是因分布田園四周、甚至穿過田中的溪水支流，形成到處能見木板小橋的畫面。我們在田中行動就是不停過小橋，喔天啊，橋下真有龜與蟹，支流水位頂多只到腳踝，偶爾還有一些不知名藏青色的螺類。如果真有什麼恬淡閒適鄉村想像，大概就是港仔吧。支流極短，隨時有乾涸風險，或者有頭無尾，最後注入一棵柳丁樹下，怎麼會呢。其中一支盡頭是座不規則狀的小水池，平常不太敢來，為了讓我們兄弟體驗垂釣的樂趣，二爺有次去砍了細竹自製小釣竿，於是兩人坐在岸邊等了半天以為會有魚上鉤。

港仔最早拿來插甘蔗，讓我想起從前大內也有小火車，方向開往北邊的新營會社，我問過太多長輩，試著拼出糖鐵路線，羨慕他們見過有火車運行在曾文溪邊的畫面。而我對港仔的記憶都是芭樂與柳丁了，上世紀末重新整田那次好幸運有跟到，日暮的時刻，分明的田壟，尚不知將要種下什麼，大哥與我樂得野得不知人影，兩隻毛孩黑仔黃仔也來了，因為港仔隔壁就是伯公的田，一家族同時選擇來到港仔，像是回到曾祖母領導家務的年代，像是路上剛剛遇到就要擺渡的一行人，於是看見年幼的姑叔們，回頭正在向我揮手。

前往一塊充滿想像空間的田地，大概人也會充滿想像力。有次，父親大清早來港仔包芭樂當運動，露水太重不易施作，冬日溪邊的低溫河床，車子停妥不料就在田頭看到一隻蜷縮毛毯冬眠的無名小蛇。父親樂得想要找人分享，於是掉頭回家趕緊把母親載來看蛇，我覺得重點其實不是蛇，我看到一場冬天的約會。

港仔位置又安靜又私隱，容易讓人掏心與掏肺，小學三四年級，一日課後，祖母與我又來此包芭樂：她且要我幫忙一粒粒套上網衣，隨後逐步套上透明塑膠袋。

港仔的芭樂是泰國芭樂，成熟的果實得以大如嬰孩頭顱，發育得好極了。一個下午可以包掉幾顆呢？祖母說目標是三百，我鼻子摸摸不敢搖頭。半天時間沒有動靜的港仔，只剩鄰近學校鐘聲告訴你現在什麼時刻。工作最後我們席地坐了下來，歇喘喝水，猜疑著等一下二爺是否會來接回，還是又要徒步回家。

一路車行在河堤：下洲尾、中崙仔、間或無數無名地號，可以說港仔田消失得最為徹底，我甚至不能判斷是否騎過了頭，只能依著對面山坡上的小公園，對應這處就是從前港仔的位置。

這年，曾文溪岸菅芒花海成為網美取景最愛，河堤路來到了中半段，我就要轉上大內橋接駁另一個故事。

國道三號交流道就在不遠處，聽說故鄉最近蓋起一座高度超過圖書館的大樓，是附近大型工廠提供給東南亞移工的住宿。二十一世紀來了。距離當年無照駕駛來看斷橋又過去十幾年。疏濬工程持續進行。未來我將擁有一條更深刻且更明確的曾文溪。

這年，鄉村開啟首間電動機車專賣店，河堤路上與我同行的多是騎乘電動機車的東南亞好朋友，有對泰籍情侶正在河堤觀景平臺幸福抱摟。我開心地大笑了起來。我不是沒有回來，且回且看二十幾年，此刻順著曾文溪水向下游出海口而去。我已暖身完畢，我早就在路上了。

識字——蔬果舖阿恩的寫字課

蔬果舖就蓋在大廟邊，人車往來處，採光又好，算是小鎮黃金店面。一進店，記得左右兩邊是直至天花板的罐頭牆，罐頭牆以顏色分類，開啟了我對食物的另一種想像：大茂黑瓜是綠黑色的、開罐之後發現瓜肉更黑；番茄鯖魚的瓶身是金黃色，單吃煮麵都可以；土豆麵筋有分瓶裝罐裝，罐裝外觀則是紅白色；螺肉罐頭是圓柱體，包裝顏色跟陳年酒超像，蔬果舖也賣酒，紅標米酒那時就用保特瓶裝了，玻璃瓶裝只能偷偷買。上述這些單品銷售很好，印象中都擺在客人隨手可取之處，比較高處賣什麼全沒印象，只有模模糊糊的色塊。

我是蔬果舖的常客，每個傍晚負責幫阿嬤跑腿，阿嬤剛從田裡回來，衣服沒換，全身土漬，立刻進灶腳創作一家人的晚餐，她很怕熱，灶腳更熱，全身重汗。有時想煮的沒囤貨，有時煮到一半少了某物，像美食節目考驗來賓在有限食材變出一桌菜，太辛苦了，我就隨侍在側幫她採購。蔬果舖離我家走路只需三十秒，阿嬤根本走不開，當然也是不太能走。我最常帶回的是蒸魚用的黃豆豉，同時間蔬果舖的阿恩也在廚房忙，店空著，我就鼓起勇氣喊半天，阿恩會特地出來為我舀一小包的黃豆豉，再用夾鏈袋裝起來，只賣十元，我覺得很不好意思；有一次去買海底雞，以為是雞，結果是鮪魚罐頭，阿恩就猜是要煮鳳梨苦瓜海底雞湯。

記得一進店，頭頂上也橫著幾根竹篙，所以要什麼就用手指比畫，店很透風，加上沒有門戶，有時會歇著一兩隻不怕人的家燕。竹篙倒掛各式乾貨：扁的金針花、皺的黑香菇黑木耳、滷料用的豆皮車輪，以及一包包像套餐組合的金銀紙：拜公媽的、拜好兄弟的、拜媽祖婆的懶人包。然後就是大量大量蔬果的陳設，一直延伸到門口，我見過的蔬果舖都從店內擺到店外，像根莖作物尚在抽長，大蒜偷偷冒出了芽。在這空間利用過度的小坪數，有一次，也是傍晚，我去買食鹽，這次阿恩沒有在廚房，她坐在收銀機旁，身陷茼蒿花椰苦瓜絲瓜青椒胡蘿蔔的她彎著身子刷刷刷，像墾地耙土的女農，我發現她不是在記帳，她在學寫字。

當年我十二歲，六年級，蔬果舖的阿恩大約快六十，我都把阿姆念成阿恩，也就是伯母的意思。阿恩念小學附設的夜間成人教育班，重新識字當學生，記得她擱在菜攤的國語課本我就有一本，一年級的。阿恩和我相熟，大大方方地遞上綠色作業簿，圓滾滾的目珠向我述說她學了哪些字，已經會寫自己的名字。阿恩字寫得很用力，我覺得阿恩不是在寫字，較像做手工，比如接燈泡線路、重組或者支解一些物件。阿恩作業都拿甲上，漂亮得不得了，她還請教我幾個筆畫問題，我感動地講不出話，卻不懂得及時鼓勵她，只覺得她把我當成同窗，特別親切。現在回想起來，阿恩識得一屋子的罐頭蔬果，並用自己的方式理出店的脈絡，生的熟的都適得其所，怎麼我會變成她的學長呢？那個黃昏我剛完成回家作業，父母親加班，只有我在客廳等著阿嬤歸來，沒人聞問我的功課，我一人收拾衣物，洗完澡，來到廚房聽候阿嬤指令；那個黃昏我被蔬果舖阿恩專注握筆的姿勢驚得慌了手腳，暮色中急著要跟阿嬤報告這個消息，一來到廚房看到她拉了張椅子，坐著切菜炒菜，話立刻收回來。

民國八十八年，我和蔬果舖阿恩一起從國小畢業，一起參加畢業典禮。他們班的位置被排在禮堂的最後面，我覺得每一位都該上臺受獎，畢業生致詞時蔬果舖的阿恩在想什麼？他們修業時間只有一年，年紀也會漸漸變大，我一直掉頭尋找他們的身影，除了蔬果舖阿恩，我也看到五金行阿伯，菜場賣魚肉的，以及誰家的阿公阿嬤。從小我就幻想和阿嬤在學校生活，學校廚工跟她年紀差不多，我就幻想其中一名推餐車的是她；我的導師和她同庚，我幻想阿嬤可以在學校教書，還有寒暑假；我幻想如果當年能跟阿嬤一起學寫字，一起別胸花，一起畢業，故事將會怎麼發展呢。

飄移——夏季生活提案——兼及一九九八年日記的編纂

九八年暑假我正準備升上小六，有個聲音始終提醒著我：最後一個自得其樂的暑假就要來了。來年此時我將在高溫中升國一，離開野生野長的曾文溪地，於是開始動筆寫下日記。

撰寫日記同時我也天天在家編纂故事，除了創作中的兩部故事書，其實我更在意如何將枯燥乏味的夏季生活，過得充滿新意富於喜樂。

這些日記呈現如下，體例除了採取原稿節錄，也有幾則已在他處使用，其餘皆是重新整編。說是原稿節錄也是一種再節錄，於我而言都是二度詮釋，難辨字與錯別字則是一律更正。

這份日記起於九八年七月六日而終於九八年七月二十八日。時間還沒滿月，實在不夠持久，然我寶愛這些文字：像是讀到九八年臺南山區一個小五學童的喃喃自語，往後在我創作不停現身的人物與命題，原來已在我潦草的寫稿接棒亮相。

也很驚訝這份日記沒被丟棄，我是在置物

箱、考卷堆中發現了它。二十一世紀來臨之前，我在嘀咕什麼擔憂什麼呢？自我形貌上下左右飄移，我也正在青春期。我很喜歡日記中的小學生楊富閔。他看起來時間很多，我想要約他出去玩。

1998/0706（0514）

雨天，約鄰居去大內圖書館，下午吃泡麵當點心，騎單車去老師家補數學。

1998/0707（0515）

雨天，早上去圖書館，又回家寫作，中午跟隨祖母去曲溪拜拜，曾祖母來我家吃飯，緊急張羅了午餐。下午大雨，叔叔載我去山上補英文。

1998/0708（0516）

晴天，在家寫作，玩錄音遊戲，下午騎車亂逛，撞見人家辦喪事。

1998/0709（0517）

（本則日記採原稿節錄）

早上返校打掃很快就回家了，相信七點二十五～七點五十五能打掃全校，由此更可以證明團結就是力量這句話！回家後並寫新格鬥篇，新的版本是需要一些時間的，中午吃完中飯，卻下起雨了！今天爸爸載我去補習，結果上次的考試居然一百分太高興了！回家原本以為要用走的回家，但因為下大雨，走到一半，爸爸卻來接我，媽媽也在裡面，晚上沒夜市真討厭，又很無聊；又去買ㄧㄢˊ酥雞來吃今天真充實！

1998/0710（0518）

雨天，和鄰居玩紙上大富翁，同時自己設計大富翁；下午與父親去頭社看被意外剷平的田地。晚上去山上補英文。

1998/0711（0519）

晴天，父親開車載祖母去十二佃看腳。我也去。中午打掃一樓。下午家裡來了一群陌生人。是不小心剷平我們頭社田地的相關人士。祖母一人應對，我偷藏了一顆壘球。自保也保護祖母。

1998/0712（0520）

雨天，搬到善化住的鄰居玩伴來我家寫暑假作業。他們的母親也來了，和媽媽在客廳聊天。看電影《一九九五閏八月》。傍晚回去外婆家，大姨和表姊也回來了，吃茄冬雞。晚上去鄰居家手作卡片。

1998/0713（0521）

晴天。一個人顧家。哥哥去考五專。下午鄰居來我家做卡片。去大內國小玩。

1998/0714（0522）

晴天。和鄰居去圖書館看書。下午先去補習，回家買一顆肉圓。晚上看電視：《世間父母》。《我的這一班》。《臺灣變色龍》。

1998/0715（0523）

晴天。早上騎車亂逛。中午看《超級三等兵》。下午去大內國小玩。

1998/0716（0524）

晴天。下午在家拖地。爸爸開車載祖母、大舅公、大妗婆去十二佃看腳。下午吃鹽酥雞。看《校園敢死隊》。夜市買李心潔的專輯。

1998/0717（0525）

晴天。去鄰居家玩大富翁。嘉義發生地震。騎車去老師家補習。買了一顆肉圓。騎車。又去補英文。晚上回家大哥買了一本國語排行榜的歌譜。

1998/0718（0526）

第一次全校返校日。去牛墟。去鄰居家玩大富翁又聽音樂。下午和大哥打掃二樓房間。走東西向快速道路去外婆家。也去隆田夜市，我買了一個小型電子琴。晚上十點十五才回家。

1998/0719（0527）

晴天。無聊的一天。跟鄰居玩。看《黃金傳奇》。吃肉圓。九點睡覺。

1998/0720（0528）

晴天。去看住在蓮霧樹下的虎皮狗寶寶，以及牠生的小孩。古厝附近灑滿白灰，因為有蛇出沒，我也提醒祖母。祖母接到舅公電話，二爺騎車載著我與祖母回去曲溪捉魚。三個妗婆都在現場。大妗婆殺魚，二妗婆坐輪椅，小妗婆在說話。我和一隻叫做烏龍的大麥町狗玩。下午回家寫作。看《上帝三度來瘋狂》。吃肉圓。去大內國小玩。晚上房間留給哥哥念書。

本則日記同時參見〈關於書桌，以及小花甲日記〉，《解嚴後臺灣囝仔心靈小史2：我的媽媽欠栽培》。

1998/0721（0529）

晴天。比平常早起。爸爸開車載舅公妗婆去交流道坐客運。去鄰居家玩猜謎。有隻青蛇被打死。下午補習發考卷。吃一顆肉圓。去大內國小玩。又去補英文。

1998/0722（0530）

（本則日記採原稿節錄）

早上我六點半就起床了，聽說早上要去十二個看腳，但因為爸爸、奶奶、叔叔、大舅公婆都來了大約七點半他們就出發了，雖然不能去，我在房裡寫著「格鬥篇」終於撐到中午，吃完中飯我就去鄰居家借書「自己動手做」我找了找終於看到一個可以用一些小零件就好了我只花了五元去買了一大堆麵粉準備做黏土，材料有：①水②沙拉油③麵粉④ㄧㄢˊ⑤碗⑥筷子。我花了三十分鐘打好了麵粉拿去冰本來是想兩點就拿出來的但在房間吹著冷氣不知覺就睡覺了！三點半才起來，一起床馬上就把黏土拿出來，我好高興因為做得很成功……晚上我們去善化，去佳皇買鞋，又去全國電子買電風ㄕㄢˋ，又去尚上書局，買了一本六上的講義，回家後很早就睡了！

1998/0723（0601）

本則日記請參見本書〈地號：港仔〉

1998/0724（0602）

晴天。爸爸哥哥回外婆家，我沒跟。去圖書館。中午在房間錄音。下午去補習。傍晚和媽媽拿衣服給人家縫。晚上又去補英文。

1998/0725（0603）

晴天。去圖書館。在樓上寫字。到阿嬸家聊天。中午吃完飯在樓上看《臺灣探險隊》。下午和鄰居騎車鄉間亂逛。傍晚聽祖母說話。鄰居來借撲克牌，於是玩了九九。和母親去安泰超市，我買了小包酸辣湯泡著飯吃。

1998/0726（0604）

（本則日記採取原稿節錄）

今天早上媽媽早早地在六點五十五把我拉起來了，原來是要去外婆家，爸爸又要去打棒球，所以趁著時間我們又去大姨家，時間大概表定七點去外婆家，八點爸爸打棒球，十點去臺南，十二點臺南打棒球，一點去巧立，三點回西庄，五點爸爸打球。早上天氣太晴朗了！到了那裡有著一股鄉村氣息，結果奶奶要去麻豆看醫生，我們就和爺爺媽媽和「西庄市長」聊天，爺媽兩人在那裡ㄅㄛ竹筍，我則拿了一些不需要的來玩！十點爸爸來載我們到了那裡，我就在那裡吃便當，時間過得很快轉眼我們就要去巧立了！半路上又戴著安全帽熱死了！一到裡面，冷氣衝著我來！真舒服，然後我們去換東西後，又去逛逛，然後就回家了！到了大姨家後，我就去樓上看漫畫，因為下面太熱了！結果爸爸很早就來了！在去外婆家的半路上我睡了一覺！又去吹冷氣，買冰來吃！然後爸爸打完球回來了，很快就回家了！晚上我們先去夜市買豬排來吃……

1998/0727（0625）

晴天。姑婆回來看曾祖母。和她睡在一起。姑婆身體也不舒服所以提早回去那拔林。看《第三隻眼》。下午先去鄰居家玩老師說。回來房間寫考卷。又去大內國小玩。

1998/0728（0605）

雨天。早上去鄰居家玩，下雨去收衣服。下午去老師家補習。頭痛。媽媽包藥給我吃。去買肉圓。去山上補英文。原路施工塞車，改走二重溪。

世界中——失去聯絡

一九九九年六月，我完成了小學教育，準備離開故鄉大內，前往外地就讀教會學校，畢業前兩個月，恰是本庄媽祖廟三年一次的香科。我記得所有姑表親戚都回來了，那也是最後一次全鄉辦桌宴客，我家請了十桌，桌次擺在騎樓與馬路，鄉境路口全面封鎖起來。

遶境結束隔天，廟口舉行祭祀，鄉民踴躍參與，我在雨中與前晚宴客就住老家的小堂姑共撐一把黑色傘，手提自家祭品來到廟口畫位。梅雨嘩啦啦落不停，有個回鄉參與宋江陣團練的黑膚青年就要北上，清晨我在房間聽到他來我家與父親辭別。

我的小學教育終於一場媽祖遶境，終於一次集體夜宴。我的小學教育終於一九九九年。曾祖母再活半年也要在一九九九年底走人。

六月。結束了舉行在山邊活動中心的迷你畢業典禮，成人教育班的阿嬤阿公同時列隊最後一排，其他學校畢業歌流行唱的都是〈祝福〉與〈明天也要作伴〉，我們仍然排練〈青青校樹〉懷舊歌曲。我們甚至沒有畢業旅行。為了表示對於幾位教師的感謝，典禮前晚父親開著豐田轎車載我來到善化花店買了四束玫瑰，回家還在客廳裡筆記這要送誰那要送誰。拿不完，隔天我就商請母親騎車幫忙運到教室。一切行為其實都是在做心理準備。只因再過不久我就要一人離開養我育我的大內。

暑期輔導很快開始了。距離小學畢典不過三個禮拜，我到底有沒有準備好呢。路上遇到留在大內念本地國中的同學，突然無話可說繞路閃避，到現在我仍不知該如何處理這種問題。他們一群人正在文具舖團購英語字母練習用的藍色作業簿。那個夏天父親母親曾經短暫消失，夫妻偕同去了鄉間舉辦的遊覽活動。七月。臺灣發生全島大停電，起因說是南部山區電塔問題。我彷彿看見我們身處島嶼各處，卻在慌亂中同時陷入一場漆黑。

漆黑中漸漸想起了初次單獨離家的暑假……我念國中了。國中一個年級就有八班，從前小學全校加起來不過十二班。暑期輔導的分班是短期的，開學將會有新的分配，剛剛熟悉的同學很快就要雲散。我念的是忠班，教室座位得以看到校門口守衛室，得以看到放學校車逐漸駛進校園，牆外的麻豆小鎮更是為我熟悉——我不過是沿著曾文溪水從一個半山村來到一個舊港鎮。我知道所有的人事都在逐漸失去聯絡，體育課落單時我就想要哭泣。如同兒時提早被送去幼稚園罵罵號哭不停，讓一路手工撫養我長大成人的母親，辭去了本就談妥的紡織工作，多留一年在家與我作伴；如同剛到臺中念書，終於安頓了宿舍，才知那日驅車離去坐在車上的母親不斷擦拭眼淚。

因為我的暑期輔導課，不能與父親母親出遊，家中只剩我與祖母、大哥留守臺南三天兩夜。母親其實一度問我是否想要請假，我卻先提議說應該在家就好。她是否有點小失望呢。從小跟著父親參加公司員工旅遊，臺灣島內島外玩過一遍，小學作業遇到作文要寫遊記，文字總是嘩啦啦，一次寫去阿里山看神木，寫到欲罷不能，剛好碰到本子最後一頁，還去撕了大哥的作文紙來貼。對於外出的渴望十分巨大，我一邊眷戀故鄉大內，一顆心早就往外野飛。

漆黑中又想起許多事情……比方國中三年乘坐校車，等候地點距離我家徒步僅需十五分鐘，又有一面陡坡，不分晨昏都由母親接送。第一天上課的時候太早下去，現場沒人等車，我羞愧地要她加速回返；有次則是母子同時晚起，跟在校車後面用力揮手催促油門；學校提早放學的時候，碰上夏日雷陣大雨，困在屋簷，我卻不打算撥電話求援，母親不會駕車，並不希望她冒著風險單手撐傘騎車，我就耐心等在原地讓雨自己停歇。

暑期輔導期間，匆匆來過幾個颱風。颱風名字不記得了。八月的早上我常等在電視機前面期待停班停課跑馬燈，那時臺南還是臺南縣。想起母親只在鄉間私人工廠任職，因此並無任何制度約束，強風之中心神不寧目送她穿上綠色雨衣騎車出門，直至傍晚她再從豪雨中歸來，我才真正鬆下一口氣。我發現我無能為力。

九月終於正式開學，我從忠班來到和班，真正展開自己的中學時期。上學校車搭乘時間提得更早。我與母親從此過著睡眠不足的生活。月底。發生百年大地震，再過幾天就要中秋，地震那晚我與母親同睡，天搖地動我們先是集合在二樓廊道，叔叔還住二樓，腳路不好的祖母也摸黑出來了，大哥則從三樓下來會合，然後又是一連串的劇烈搖晃，分不清是主震還是餘震，我們趕緊逃到一樓，拉開鐵門才發現許多人家燈已點亮，路上都是神色倉皇的親友鄰人。「你們家怎麼現在才下來？」、「我們要準備開車出去了！」夜班的父親，撥了電話回來。很快斷訊了。很快停電了。叔叔手持電筒前去探看睡在隔壁的曾祖母，拉上鐵門，跟在後頭的我內心害怕甚過剛剛發生的強震，很快就在光影搖晃的縫隙看見床榻熟睡的曾祖母，那年一百零二歲的她並不知道發生了什麼事。

一九九九年走到十二月，二十一世紀就要來了。仍然持續睡眠不足，日日披著山村大霧搭乘校車離去，天總是光亮得極晚，幾乎摸黑出門。那時週一固定上著一門叫做生活科技的課程，教室位在地下一層，年底話題全都繞著千禧年的故事，空氣中浮動著節慶的份子。我們在歡樂什麼呢？我們在悲傷什麼呢？可以感覺到是有什麼大事將要發生。

曾祖母是在冬至清晨謝世，十二月二十二日，過幾天校慶園遊會就要舉辦了，我們班上的攤位預計販售著搶手的肉羹，以及手作的貴賓狗造型氣球。我已經忘記當時帶著什麼心情，但後來我確實沿著操場跑道一攤逛過一攤。二十二日那晚是父親接我回家的，天色早已全暗，約莫六點我在夜色之中聽到父親喊我的名字，告訴我早上曾祖母的事，機車轉入家門，曾祖母起居的樓厝門面蓋上一面巨幅紅色布幕，故事已經開始了，母親身穿黑衣在家等我，她領著我走入停靈的廳室來跟曾祖母上香。那晚就入殮了，穿著冬季外套的我跟著一列子孫在騎樓跪爬迎接曾祖母大厝，一九九九年再過幾天就要結束，電視機到處都是第一道曙光的新聞。

一九九九年來得去得猝不及防，我依舊在日出之際搭乘校車沿曾文溪往下游而去，我與故鄉的矮山漸漸失去聯繫，我與故鄉的溪流掉了信息。我在路上與遶境隊伍錯身而過，遇見同班六年的好友卻互不言說，我們的眼神之中彷彿帶有一點餘震的驚恐，我們在歡樂什麼呢？我們在悲傷什麼呢？

園遊會結束又提早放學了，大家相約要去市鎮唱歌，說著什麼地方將有跨年演唱。只有我一心急著坐上校車，想要趕回守喪中的屋厝。喪期是從十二月跨到隔年一月，原來我的二十一世紀是起始於一場喪禮。出殯那日我手拿訃聞逐一比對這是誰那是誰的名字。我們哭得聲嘶力竭，哭一個百年竟然又過去了。所有的姑表親戚都有回來。所有祝福的話都來得及說出口。在我們漸漸失去聯絡之前，在千禧年第一場天光之後。

媽祖廟共構

歪樓——

老家三合院與庄頭廟朝天宮僅隔著一條寬不到五十公分的窄巷，兩座建築物背對著背，多麼隱喻性的空間設計，我在那窄巷撞見過一對摟摟抱抱的國中生，偷抽菸的小學同學，滿地強力膠……

我是住在「廟後」的孩子——廟口祭祀或鬧熱時間，窄巷變成露天廁所，廟前的檀香與廟後的尿臭刺激著我的美感神經，我們以前在三合院踢足壘球、打棒球，尿急也會跑到窄巷小解，小男生喜歡邊尿邊在牆上作畫，天不怕地不怕，其實心裡還是怪怪的。

大學寫過一篇文章叫〈廟後〉，題目很傻，其中一句有點滑稽：「我要媽祖三百六十度轉過頭來」，驚得立刻停止打字，我以為我冒犯神聖，其實是釐清了我們家族的位置，戳到了痛處。關於廟後的墮落與救贖，兩百年來形塑著我家看世界的角度，家族依廟而生，廟事當然是家務事。

祖上三代都跳宋江陣，曾祖父、伯公、叔叔執「雙斧」，連我姑姑都跳過少見的女性宋江陣，祖父則是打宋江鼓，每逢媽祖誕辰前兩個月，夜夜廟口團練三小時，村內不分年紀的壯丁大多到齊了，廟口像是一座大型健身房，為我們上演著八點檔，那些繁複奇異的宋江陣式在向我述說什麼是強健體魄、什麼是英雄氣概，什麼又是力與美，棍棒鐵器對打的鏗鏘聲響讓我心驚，而我只是一名在外圍觀、多病怯懦，被鞭炮追趕的孩子。

拜拜時全鎮大瘋狂，一場廟會更是全家動員，我的小舅公從前是媽祖乩身，是很兇、很能操的乩，大舅公則是揹著一布袋法器，跟在身邊待命，隨時口噴米酒幫弟弟消炎。廟會遶境小舅公不喜歡走路，就愛站在神轎搖頭晃腦，一手執香，一手執劍，有點臭屁，他也是我阿嬤最疼的小弟，每次神轎經過我家門口，我阿嬤一邊膜拜一邊碎念，那裡有一名姊姊對小弟的惜愛，主要是看到自家人砍得背部是傷也會心疼。

小學同學更多是廟會狂，下課時間在教室用兩支鉛筆敲打課桌，或是學八家將在教室踩踏步伐，也有把椅子改裝成四輪轎仔，架式十足，非常到位，我在其中經驗了另一種形式的音樂課與體育課，所以廟會也是同學會，這個扛轎、那個敲鑼，前幾年有個乩童跳到我家門口，我一眼就認出是小學常欺負我的鄰座同學，童年的恐懼立刻湧現，天啊，我們還不小心對到了眼，請問祢到底是誰？你還記得我嗎！

這讓我想起除了庄頭廟的廟口，臺灣鄉鎮多的是能與大廟抗衡的私人神壇，那也是我童年最常出沒的地方：問事、收驚、出明牌，我不只一次聽到和我年紀相仿的孩子，從小常被帶到神壇去看香爐浮字，我們的考卷分數、高燒溫度，甚至糞便形狀都是數字，而那是大家樂風行的八九〇年代，不可思議的年代，我們被當成神的孩子。

種種與廟有關的畫面總是塞滿聲音：鞭炮聲、鑼鼓聲、電音舞曲……我想起從小喜歡畫畫，牆上的日曆紙是我的圖畫紙，畫的題材內容都從生活求得，一定要畫的是遶境，順序馬虎不得：前導車、黑令旗、踩高蹺、大鼓陣、無數的人形符號就是香客的意思，最後登場的是庄頭廟的媽祖神轎，二十世紀最後十年的臺南偏鄉午後，一人顧家的我靜靜地在紙上鬧熱，畫得全神貫注，那些不成比例的線條，奇怪的幾何圖案是我的語言，遶境就是我的敘事，如今想來，更像是一種祈福儀式了。

節拍——起底的年味

時常聽人說年味淡了。然後句子緊急收束沒有下文。大家沉默不語；或者年味淡了便是接著以前啊種種……。我自己也是如此描述每個舊曆新年。年味淡了像是發語詞與時間詞。它正在發生，起引一種敘事，同時告訴你：淡了本身就是過年的一部分。

年味最濃應數曾祖母仍在世的那些年。除夕夜大家搶著扶她前去圍爐。我們家族人數極其驚人，圍爐也開好幾桌。她都是在長子大伯公家吃年夜飯的，跟她拿紅包真的要排隊。這是一家族的過年。

年味最淡又是哪些年呢？這個新春我將不在臺灣，獨自身在異地，看著自己過去的一年過去。這是一個人的過年。其實這個新年也就特別地新，而我是否應該重新描述年味的內容？它是一種氣息、聲音還是形狀？它將更為濃烈或者相反呢？

過去的年層層疊疊，成為一個整體。我的心裡其實非常明白，屬於創作的、文學的、生命的新的一年早已到來。

年夜飯

不知為何年夜飯總是沒有飯。多年來我們都是吃鍋圍爐，配著當天中午祭祖的雞的切盤、炸的丸物，獨獨不見白米飯。長年菜有嗎？當然是有的，它也擺上桌，只是晾在一邊。它是冷物還是熱物？應是水煮的熱菜。記憶中因為不曾吃過，總覺得它是涼菜。

年夜飯的故事也是除夕夜的故事。你看兩個「夜」字多麼鮮明，不知為何我想到的卻是關於白日的畫面。對於西元的跨年其實不太有感，大概一月仍是期末考或者大掃除的階段，前年工作延續到一月下旬，我記得有次寒假輔導提前進行，上課直至小年夜，家人也在工作上班，而電視新聞已是國道車況預報。

除夕夜當天已經放假了。我們雖然住的是樓仔厝，周圍鄰里仍是家族親戚，過去的血緣網絡相當穩固，年節氣息十分濃烈。從前起居的三合院都在樓仔厝的正後方，成為暫時疏散過年返家遊子的絕佳空間。不少一年只出現一次的人正陸陸續續回來，時間通常就是除夕白天。

其實白天大家從早沒閒到晚。仔細想想我該是在裝忙，或者忙於好奇看看大家忙什麼。這就是我的工作。猜猜除夕夜收垃圾嗎？答案當然是否定的，有趣的是，早上十點多垃圾車就開出來了，這種畫面一年也只出現一次，我總看得特別仔細，錯過了就要再等一年了！其實這時我才睡醒，垃圾車的鳴笛聲是我的天然鬧鈴，同時父親母親剛從麻豆市場採買歸來：鄉下菜市年貨有限，許多大菜或罕見配料都得特地驅車出外，住鄉下的不方便在節慶尤其明顯，儘管我們還是年年回來。

我們兄弟兩人被發派的功課是貼春聯。許多教科書的插圖都是如此設計的，孩童學習貼春聯，一種美勞課與國文課結合的概念，不對，還得加上體育課，因為工程浩大，我們家貼春聯的人手有限，這項負責傳遞無形祝福的差事相當辛苦，再說兩個孩子如何撐起一個家族呢。

主要是範圍除了樓仔厝建物本身，還得回到世居的三合院，久無人居且已成廢墟的舊厝需要貼嗎？答案卻是肯定的。這時考驗我們的不是對聯平仄是否正確，或者春福是否倒立，而是那面小窗是否需要賜予一個福符？那個封死的門是否需要一個春字？我們兄弟常為此困擾許久，置身三合院如同置身考試現場，三合院的門窗總數至少超過五十啊。當時我的內心總是有個問號：春聯為何只能貼在門與窗呢？而且要趕在白天貼完。記憶中也不曾在年夜飯的時間貼上春聯。再說入夜我也不敢回到三合院。

年夜飯說到底也是一次的晚餐時間，通常我只吃個兩三口就坐不住了，我的工作尚未結束，我仍好奇於每個家庭的年夜飯形式，是吃飯還是圍爐，或者根本過著平常日子，看著電視新聞。不知以前住三合院的時候，年夜飯是怎麼進行的。我就在騎樓一間看過一間，有意無意地看別人家都在吃什麼。深怕被人發現我的行蹤太過詭異，路過大門還要故意加快腳步。圍爐大家都在客廳，許多竊盜事件就是發生這個時候。我仔仔細細地看著，因為一年也是只能看一次啊，心裡想著好像誰又沒有回來了，是否正在電視新聞連線的國道車陣之中，或者今年就是沒有打算回來了呢。

正月正頭

那年初一我就躲在二樓後陽臺，住家後方因面對一片三合院叢林，每座院埕春節期間都像大型停車場，歇著返鄉遊子的轎仔；那年其中一戶院埕如戶外大型攝影棚，正進行家族團拍的遊戲，記得是上午十點多，有幾個堂弟還穿睡衣褲，顯然剛從床上被挖起來。自高處偷偷俯視，我看到三伯公正襟危坐像公學校學生，背景是三合院正廳，自頭到尾三伯公都固定不動，成排椅子臨時從廚房搬出來，好方便子子孫孫跟他排列組合，手持單眼的攝者指揮隊形，發號施令：於是我看到三伯公與女兒、三伯公與女婿、三伯公與內孫、三伯公與外孫女婿……三伯公都笑僵了，我也跟著笑、看傻了。只因至今我家不曾拍過全家福。

正月正頭住家附近也在鼓勵樂捐建廟，趁外地遊子歸來，推出過平安橋祈福儀式，當然要收費。一般平安橋都給人通行，且只須走幾步路，那年搭建在廟口空地的平安橋，卻寬能通過小客車，外觀像流標鋼鐵工程。我躲在三樓前陽臺看了一早上，才等到一臺福特緩緩開上橋，橋頭的道士終於有事可做，先是車前車後繞了一圈，最後對著車頭搖鈴、作揖與碎念，畫面淒清又滑稽，我蹲在陽臺怕被誰發現，忍住不敢笑。如今回想，那是人口外移的徵狀。人與車越來越少，年味更是稀薄。

一九九五年、一九九九年、二〇〇四年……關於大年初一，早餐吃的定是除夕圍爐的火鍋加熱，以及除夕拜公媽準備的煎菜頭粿，因從小慣喝富林早餐店的咖啡牛奶，我也會騎車買五六杯回來放著，舊曆新年的第一天，一個人坐在客廳看新聞：千人搶頭香、萬人排福袋、國道車速二十、總統國運籤……

雖是長於大家族，很小我就意識到最熱鬧的是除夕與初二，然後是初九天公生以及元宵節摸彩。你是否也和我相像呢？大年初一突然無事可做，一個人四處懶懶蛇。

冬震的故事

地震發生二月六日凌晨三點五十七，當天我已從臺北返鄉準備過年，大哥輪值夜班，我正睡在他的房間。我們兄弟感情是小時候吵翻天，長越大越親暱。離家在外求學這段時間，父母搬遷到了我的房，他們原先起居的三樓漸漸成了儲藏室，以致我終成了沒房間的人。

我是很能適應變化的孩子，有方小天地就足以讀書寫作，多年來拜拜用折疊桌都是我的書桌，反倒睡覺必須跑去跟大哥同睡。輪值夜班的他固定晚上十一點醒來，雖然預設鬧鐘，我仍習慣固定將他喚醒，或者我也不敢太早睡，如同父親年輕輪值大夜班，母親等到父親十一點出門才安心落眠。

凌晨三點五十七分地震來了。搖晃之中我瞪大雙眼，以為搖晃一下就會過去，不知為何眼前顛抖更加張狂，我真正以為這次完蛋，所有思緒快速掃過：我才想著要起床，這時電斷，顛抖更加劇烈，直覺眼前這面隔牆就要向我壓來，我才拿起手機奔出房門，衝至父親母親的房間，這時父母已經醒來，我連忙將連結後陽臺的門窗通通打開，天真以為這樣就是布置逃生動線。凌晨三點後陽臺看出去的大內山城，一股從來不曾經驗過的恐怖氣味感受湧上我的鼻頭，我掉頭跟父母說外面路燈為什麼還亮著。

這時不敢多待樓上，趕緊下到一樓，打開家門，鄰居同時開始有了動靜，眼前這畫面九二一出現過，叔嬸也帶著兩位愛睏的小妹下樓，而我的手機漸漸開始出現地震文，大家都在猜震央在哪裡。不敢貿然上樓，父親執意要到三樓神明廳查燈火，翻箱倒櫃找不到手電筒，於是我打開手機為他照路，深怕極了餘震隨時會來。手機開始出現大樓倒塌的畫面，畫面出自永康新化，我的心情更加沉重；大哥則從工作現場報了平安，我告訴他房間的獎牌全部倒下，我買手機送的液晶電視，因為重心不穩也裂開了。訊息窗口跑出老友的問候，我們都說地震好大，在午夜的南臺灣一起醒來。清晨四點之後我都在將亮未亮的大內街上遊盪。明天就是除夕了，我在低溫微霧的山城逐一檢查世界是否安然無恙，即時新聞已經為此命名：小年夜強震。不知是否驚嚇過度，甚至忘記此刻暮冬而沒穿上外套。我遇見了一場冬震。

就著漸漸轉亮的天色，才發現住家附近略有災情：祠堂燕尾斷裂，厝身歪斜，站在三百年古厝前面的我心情激動不已，這到底是什麼隱喻呢。後來我才知道媽祖廟殿的千里眼順風耳瓷身碎骨粉身，各種磚牆紛紛倒下，各種結構都在瓦解，許多本就垮垮的古厝也一併垮了，這一年，二〇一六，我開始習慣在一次次的餘震中睡下，也在一次次的餘震中醒來。

大年初四

二〇一八年，農曆春節年初四，我和家人一起進了南紡夢時代，觀賞了賀歲片《花甲大人轉男孩》。

我們看的是早場，提早抵達，還在現場利用片商製作的花甲看板，全家留影一張作為紀念。兩位小妹也帶出場，於是率領她們先去買花甲套餐，影城人員與套餐包裝都有花甲電影的相關設計，我因而獲得一個紅顏色的花甲袋，我靜靜默默偷偷地觀察著。

帶家人一起看花甲似乎成了今年過節我家的儀式，我笑說不知是否會有下次所以愛要及時。入場時另一廳排人龍，也是攜家帶眷、阿公阿嬤，我置身在人龍之中看著，電影尚未演出我已激動莫名，今天我是自己的觀眾。

花甲電視熱映期間，人在哈佛進行訪問研究，隔著十二個小時看著自己的小說重新被認識，我也彷彿與過去的生命相遇合。手機家族群組始終有家人傳來最新消息，母親父親似乎特別高興。花甲的故事離我太近，比較適合寫成日記，始終不知如何對人談起。然我知道花甲之後，我需要看更多讀更多學習更多以及割捨更多。母親笑聲最為響亮，散場之後我們沒有互相討論，在泰式料理午餐之中得知了大姑姑今日回娘家，我們於是驅車回去接駕。

大姑姑回娘家的時間點並不固定，甚至也曾初七初八才轉來，祖母時常準備一鍋藥燉羊肉，羊肉是帶皮的，中藥氣息非常濃烈，祖母不在之後，大姑年節仍常回來，她也退休孫子也大了。那個下午我們一起去了大溝摘黑點點野菜，晚餐時間預約了善化的餐廳，餐廳給了我們私人包廂，包廂門口夾層一張紅紙：這是大內楊先生十二位的靈感起始。

那晚我們就在包廂中談起了過世五年的祖母，劇情與花甲電視類似也與電影類似，我覺得花甲穿越雖是舊技術，但他來到了距離現在不算太遠的二〇一三，這是他的大勇氣與好本事，催逼自己直視眼前當下的歷史，這不是一件太容易的事，二十一世紀已經來很久了，妳怎麼還停在原地呢。包廂中星球運轉般我們說祖母的這些年那些事，越說視線越發婆娑，大過年的誰說不可以哭。

送迎——鄉村服務隊來了

剛報名時人數只有五六位，眼看活動就要開天窗，是學校主任親自到班遊說才成的。我已經忘記具體活動名稱，只記得是來自北部一所教育大學的服務性社團，他們固定寒假暑假抵達鄉僻地區進行服務教育。當時我不知自己是需要被服務的一群，也不知自己是住在鄉僻地區。

那是民國八十七年的寒假，我讀小學五年級，成績正要變差，發現自己靜不下來；我仍是班級幹部，除了活躍於課堂學習，也代表學校至外參加各種競賽，算是校內半個風雲人物。回想起來那年也是我漸漸走出教室，開始接觸外界的一個起點，也在那年自發性寫作，將電視看來的故事編進自己的長篇小說，我的靈魂為此飄移得更深更遠。就是在同個時間點，鄉村服務隊來了。

簡單來說就是個冬令營。營隊規模為期一個禮拜，扣掉週末只剩五天，活動範圍在溪邊山腳的國小，作息依鐘聲進行。某種程度它有點像輔導課，只是課程內容比較活潑像社團。記得有次要我們先從家裡帶雙竹筷子，教室內人手再一張色紙，原來是要手作小風車。那天回家村路到處可見紙風車運轉，這邊那邊的學生拚命吹著氣，好像再更出力點整個村子就會隨風捲起。

活動開始我們就被亂碼分組了，鬧哄哄穿堂都在確認自己編派去了哪裡。我記得總共六個小隊。六個小隊代表六個國家。我們被發派的第一個指令就是學會講該國問候話，然後來到操場找尋能夠順利溝通，並給你回應的大哥哥大姊姊，他們就是你的小隊輔。我被分到日本隊，識別證現在仍留著，指認身分的問候語叫做こんにちは，也就是午安的意思，確實活動開始接近正午，不知為何我常想起當天老師駕車紛紛從校門駛離的畫面，而寒假確實已經開始了。

多麼懷念的こんにちは，蛋狀操場這邊一句阿你阿雖喔，那邊一句撒挖低咖，而我深怕發錯音地不斷逢人就說摳妮基瓦。我們就像初初學會念咒的小男巫小女巫，鼓著冬日運動外套如同斗篷裝扮，大風吹遊戲般在草皮對人東西比畫，遠遠看去就好像在做法。

我不知口中那句こんにちは發音是否準確，或者早已變形成為另一種語言，或者它只是個狀聲詞。當天回家立刻跟我阿嬤こんにちは，時態根本搞錯，但不妨礙我的興致。地球村是當時最時興的新詞彙，我們在民國八十七年的深冬跟隨一群大學生開始學習與國際接軌。

接軌的方式卻很在地，我記得分組完成立刻帶至司令臺前集合，臺上隊輔一一出來自我介紹：泰國、美國、韓國、香港、臺灣、日本。自我介紹是不是一種特技？後來我們也圍成一個圓圈練習稟報家門，那時我鐵定十分彆扭，為什麼許多學生總會在介紹自己時詞窮？

接著是大會操時間。臺下我們隨著音樂跳著范曉萱的魔法書第二輯。〈健康歌〉流行過了，我們營隊主題曲是新歌〈張牙舞爪〉。因為是新歌，大家不太會唱，歌詞我記得有句是：歡迎來到小魔女，搭罵搭罵的家。我不知搭罵是誰，但有個動作要我們想像自己騎著竹掃把，原地旋轉三圈，歌詞接著唱來的時候別忘了抱一下！親一下……

跳完〈張牙舞爪〉現場氣氛已經炒熱，這時有名墨鏡肩帶的大哥哥在臺上喊口令，後來我才知那個身分叫值星官，他太兇！好多學生被嚇得中途逃離。我其實想逃離卻沒逃離，初來乍到新的團隊，你只是nobody，你的成績榮光不再重要，你若逃離也等於宣判你就是nobody。等在眼前的冬令營充滿各種特殊才藝與合作學習，這兩樣正是我的弱點。

多麼懷念的小學冬令營隊，每個小隊輔都角色扮演、活跳跳地來到我們居住的山邊小學，來到鄉下並不容易，當時沒有南二高，也沒有高鐵，他們怎麼來的？記得有個隊輔叫珍珠，不對，是叫奶茶；有個造型捲毛叫阿Q，有個叫滷味，我都記成魯味；有個眼睛瞇瞇叫做小眼，我的隊輔是人氣極高的阿花與亨利……他們好可愛，胸前都垂掛自己手作的名牌，字體非常特異我也學不來，後來我才知那叫做POP。

回想起來營隊重要的學習還是來自大哥哥大姊姊，他們遠從城市帶來各種消息，許多學生回家還偷騎車來找他們，都好奇晚上是睡在哪裡。我記得當時校舍有面圍牆貼滿隊輔自介，歡迎學員下課時間前去留言，始終有些海報寫不夠再貼一張變成加長型；也有不少留言是惡搞與塗鴉，這也是我害怕的活動，因有些海報詢問度低迷，像點閱率不高的粉絲頁。

這些外來的大哥哥大姊姊提供大學生活的各種想像，而我們是低分也能考上大學的那一代，因著鄉僻地區並不高的升學率，卻總是家中第一個大學生。我常想起那些隊輔，在後來也成了新鮮人，基於不同理由前往山地或社區服務。當時我不明白活動規畫的困難度，那些無數夜晚模擬而出的一籌二籌與三籌，卻強烈感受他們的熱情，熱情很重要；我也不明白熱情內涵是什麼，熱情需要目標對它灑熱血、拋頭顱，而五年級的我怎會有目標？冬令營就在雨中度過了，五天內我們練習將舊同學當來自異國的新朋友認識，嬉鬧聲來回撞擊山坡地；當時的我更不會明白，世界默默改變了。

大概不同學習活動，也能改變我們對校園空間的看法吧！營隊活動讓校園變成自由可親的所在，印象最深也是個雨天，午休過後我們在校園進行大地遊戲，關卡遍及校園各處：二樓走廊、垃圾場、鞦韆處、跑道區。我們跟隨關主提示在原本熟悉的校地發明各種奇怪走法，因為雨很小，大家都不撐傘。

其實我害怕團體活動，所有分組遊戲都讓我神經緊繃，連戶外教學遊覽車位都擔心沒人願意和我坐。我喜歡一個人捲在窗簾布後，獨自觀賞國道花園公路。自然課一個人練習燈泡的串聯並聯。體育課我只喜歡呼拉圈，跳繩跳箱也不排斥，但凡一個人的我都很拿手。

記得有個關卡比賽吹氣球接力賽，就是一個人負責吹球，一個人用吸管將氣球黏著，到現在我還是不會吹氣球，吹到嘴巴破洞依舊沒有胎動，為此拖延整隊賽事，像聽到誰在訕笑說五甲班長真是笨拙；或有個考題給出三張炸雞圖片，要大家猜產品出自哪家速食店，我沒有速食店概念，理想答案該是麥當勞或肯德基。慌亂之中麥克筆落到我的手中，眼看秒數所剩無幾，我只好快快填下菜場隔壁的早餐店富林，富林也是連鎖店，也有賣炸雞，關主拆開紙張滿臉狐疑問日本隊富林在哪裡？富林就在學校圍牆邊，從側門走出只要三十秒距離。

挾著鋒面那個冬令營持續在下雨，活動常臨時換至位在山壁溝邊的活動中心，那也是營本部所在地，平時舉行小學畢業典禮。民國八十七年鄉村服務隊來時剛好是農曆年後，距離學校不遠的廟口，一座為了元宵作戲的棚子已經搭好了，戲班還沒來，這裡有一座現成的舞臺。當時我就聽說營隊結束還有與社區互動的猜謎晚會，消息傳開還引起村人不少騷動，所以並不覺得將與這些大哥哥大姊姊真正的分開，然結業式許多學生還是哭了！五天活動已讓用情太深的學生，築建出相當厚度的情誼。會不會這也是學生初次與外界的接觸？雨勢稍微停歇的早上十點我們舉行了結業式，席地而坐在光亮寬敞的活動中心，接力賽般手傳一只只免洗杯，杯內站著一根根紅色燭。不知為什麼我是少數沒有掉淚的人，看著現場所有隊輔排成矩形，手持燭杯向前說起告別的話，而我放錯重點只是擔心燭火燒起來，低頭對著杯低金金看。背景音樂是范曉萱的〈讓愛發光〉與〈處處都有你〉。處處都有你。青春的日記。小魔女還在人間唱著我想再不會有人像你，陪我歡笑陪我哭泣……

多麼懷念的こんにちは！始於正午的冬令營隊也終於正午，像最初認識的那句話，你好嗎？我很好！結業式後散場回家，一群學生單車快飛至校園，繞著隊輔遲遲不肯散去，我則立刻衝至相館裝置底片。不知有無人記得那個猜謎晚會？各國隊輔站上舞臺帶動村人歌唱，廟口就像歌友會現場。當時他們的大方自信深深震懾不敢登臺講話的我，這就是大學生的樣子嗎？而我是不是唯一帶來相機的人？那晚所有照片取景都從下而上，那也是我站的位置，我是側拍的，照片根本不會有人看鏡頭，為什麼不主動向前合照呢？照片沖洗出來全部失焦模糊，這又是怎樣的隱喻？隱喻那個豔陽露珠蛋狀的草地，逆光消散的校區樓舍正中央，聽說有群來自北部的大學生捎來關於城市的消息。大家奔相走告。大家瞪大雙眼。我看見我終於走向陌生的你，一個音節黏著一個音節說出那句こんにちは，很勇敢地。

自傳——

當年你的才華洋溢

整理自己的求學史，不可思議的竟也是補習史，它們幾乎平行發生，無處不在的教室教師，新同學舊同學。因補習我得以學習出外與生人相熟的技能，提早體會獨立，說獨立太高估，只是不想待在家裡；我的補習史也是空間穿越史，一路從民宅客廳上到摩天大樓，遂明白不同空間形成不同教法，班級本來就是需要經營，這也是日後我教書的重點所在。

想來，我會不會是遇過最多老師的一代呢，也是當學生最久的一代？從幼幼班至今總共二十八年。

二十八年來我到底學到也補到什麼。印象最早的補習經驗是升小一的暑假，母親將我送去補正音班，一個禮拜上課五天，地點是善化公所附近的幼稚園。當時有專車到府接送，成為這個機構脫穎而出的理由。更早之前我在那幼稚園短暫念過三天，哭三天，後來上正音班又回到同間教室，我不哭鬧，已能夠適應離家八個小時，此後時數不斷積累，現在我最久三個月不回家。「正音」可以當成論文題目深入研究吧？我卻記不起任何一堂課，隱約有個印象是不停張嘴練習分辨ㄢㄤㄈㄏ的差別。幼稚園餐廳剛好是民宅廚房的一部分，或說幼稚園的活動廣場，同時也是人家院子。我們常列隊拿小碗向一位頭頂白色方帽的阿嬤領綠豆薏仁湯，在下午三點半的點心時間坐在綠色地毯聽故事喝下午茶。

進入小學之後，也在鄉里的私人家教班學九九乘法。那間教室也跟民宅借地，就租賃在三樓，每次上樓會路過主人的客廳，壁櫥擺設與陌生家族照，我心裡有私闖民宅的罪惡感受。三樓教室也是將兩間民宅互相打通，坪數大而寬敞。補習時間是週日下午的樣子，現場擠滿一至六年級的學生，中年女老師似乎很少上課，只是不斷練習加減乘除。然後立刻批閱訂正。女老師校閱方式是日本方式，也就是對的畫圈，錯的打勾，這讓家長摸不著頭緒。我後來只在葉大雄或小丸子的數學本子見到類似的批改線條。教室後面以幾個三層櫃隔出一個閱讀空間，那是我第一個微型圖書館，為此讀到許多兒童繪本：《十四隻老鼠》、《第一次上街買東西》、《人》；教室前方的陽臺禁止學生出入，那裡有個沒有衣物的曬架，我偶然到過一次，記得兩點鐘方向就是我的家。我第一次參加同樂會也在那間補習班，全體學生移駕山區農地，放山雞般地野炊烤肉。大家都是在教室集合，一起出發，我卻由阿公送至現場。當時我已退補，吵著要去，弄得氣氛有點尷尬。

緊接著是補英文數學，補得無縫接軌，都是學校課程的進修延伸，回想起來當時校內外學習總時數非常驚人：我星期二五是英語，星期三六是數學，有陣子星期五同時補電腦。數學有專車接送，再度獲得母親青睞，所以接送是很重要的，數學班也在當年補正音班的所在，那個體系規模大多了，每次段考都有老師來登記數學分數，一百分能拿獎品，聖誕節會有樂樂包，星期三下課會跟幼稚班學生同坐娃娃車回來，我都很怕被看到。

英語班因為是鄰居揪團才開成，所以全班都堂兄弟姊妹，上課地點也是在民宅，一個比大內更鄉下的所在，平時接送靠家長輪流載，這種接送橋段後來我聽不少中南部同學說過。有次不知誰家父親買了高檔臺休旅車，大家都先在路邊踢腿、磨鞋底，將污漬清清才能順利上車；家裡沒車就跟有車的借，輪到誰的父親開車，他的孩子就坐副駕駛座。有次在路邊騎樓等到八點檔播完，還沒看到輪值的家長，我還跑去打公用電話回家求救。那真是教育事業輝煌年代，而我何其有幸見證這百百種的補教生態。

我常被問及是不是補過作文？答案是沒有的，我卻想起鄰居堂哥補過。偶爾我跟母親至他家閒坐，會趁機商借他的作文簿來看，我一直覺得作文簿是很私密的物事，他卻好大方地讓我翻閱。作文都教什麼呢？是從學習寫句子開始，然後從句、段而成篇。那個堂哥字體歪斜，還算工整，老師批改句讀才是我閱讀的重點。我記得作文本都有設計好的優缺點，老師只要括號內打勾評鑑：好的文章是內容充實、字體工整、用詞優美……壞的文章是文不對題、字跡潦草、標點錯誤……有些選項當時我無法想像它要的是什麼，比如層次井然、結尾有力，卻是後來寫作我最在意的，想來這也是最初的寫作課，一個人偷偷摸摸上著。

前陣子與同學聚餐，大家談起各自的補習興亡記事，話題一開現場簡直談話節目，忍不住要開臉書直播，邀請更多朋友七嘴八舌，原來大家都是這樣補過來，而且品項繁雜。我赫然發現當年都是才華洋溢，只是沒有持續精進。

我從小補的以正規科目居多，幾乎沒有學過才藝，曾經父親打算送我去補鋼琴，我卻以為那是女生學的而婉拒，再說學鋼琴得買琴，這筆花費對當時收入普通的父母來說，只有增添負擔；再說回家練琴會吵到厝邊，再說……小學三年級的班導鼓勵我去學畫，我覺得自己畫得極醜。我畫過一隻比例失真的大鳥穿越樹梢，自己覺得像飛行器，她卻向全班學生公開給我讚聲，說栩栩如生。當時我的每張構圖都極平常：連綿山丘，一粒卡在山谷的夕陽，底下有間屋舍，許許多多果樹，這也是村內最典型也最常見的畫面，我的天然題材，變化不太大，她卻都加以表揚，說好像走進畫裡了！後來我也沒去學畫，可能連回家問父母都沒有，而我是不是很想上才藝班呢？家裡先天環境不甚鼓勵孩子，再說我也不相信自己可以。

聽到有些同學幼年補過豎琴、長笛、書法、速讀、珠心算，連插花、游泳、直排輪都學了，這像當代琴棋書畫的穿越劇，我看到不同世代對於理想孩童的各種想像，這也讓我想起幼稚園畢業照都需要拿各種道具：中音笛、足球、球棒、手風琴、書本。我沒有類似補習經驗卻聽得津津有味，彷彿看見在座的大家當年課堂神情專注的背影，靜定地、安穩地畫水彩撥算盤，這些被期待或自我期待而學的技能，我們是不是忘了太久，我們為什麼不把它找回來？

我想起家中那臺裁縫機，曾經家裡也有手巧的女性？那是後來忙於農作而荒廢手藝的阿嬤？我想起阿公是全鄉少數幾個會幫酪梨接生的農夫，天啊！太有才了！為此成為酪梨班班長；母親更是技驚全家族，她年輕就征戰許多書法比賽，後來我的美勞作業都是她協同完成……我常想除了寫作，我還能做什麼？那些曾經被我丟去的才藝，或者蟄伏在我體內的文學血液，是不是某個層次也與後來我的創作聲氣相通；或者其中閃爍著怎樣的暗號訊息，提示著你將會走向文字呢？

比如我仍收藏年幼買的書，一本叫《國小分類作文與日記》，一本叫《教你畫卡通》，那像幼年夢想的殘餘，拿起書本記憶卻無比清晰。這些書都我主動買的，當然出錢的是阿公。有個畫面是這樣：我記得常坐床上蓋棉被翻讀，母親就在我前面電動紡織，八點檔劇情太精彩時，我們母子會一個擱下書本，一個擱下工具，同時看向電視，沒有交換眼神，接著又低頭繼續各自的事。《國小分類作文與日記》還有許多筆記，遇到優美句子我就畫波浪紋，遇到新奇的詞彙我就把它圈起來，並想像自己是老師在上面打分數，好多篇都被打不及格。我印象最深的一篇還折角，叫做〈參加舅舅的喜宴〉，真實生活兩個舅舅當時單身，為此文章內容特別切身，現在一個在牢，一個離開我們了；《教你畫卡通》則收錄了羽毛動物、海洋生物與昆蟲世界三個分類，一筆一畫地教你畫出河豚、鯨魚啊、紡織娘。這跟學寫生字差別在哪呢？裡面許多種類根本沒聽過，更何況把它畫出來。而我幾乎拿它當字帖在上臨摹，最後卻只會畫蝴蝶、金魚與海馬，這三種是我親眼看過的：一個在野外，一個水族箱，一個在中藥行。

現在我仍走在補習的去途與歸途，差別在學的都是興趣的事，而且想補的越來越多，我正走在自己的路。也許二十多年求學史補習史，訓練出的不只是分數學歷，它讓我早早知道自主學習的重要性，以及關鍵在你如何搭建自己的教室，並從中發現快樂與莊嚴的一瞬間。

我真的很喜歡學習新事物，之前補過越南語，現在又重新把英文找回來念，未來我還想學網頁設計與影像製作，如果能夠架設屬於自己的文學數位資料庫，整合文字、音聲與影像的各種創作，屆時文學將以新的表述方式，挾帶新的語言思維，如同網頁視窗不斷彈跳而出。文學原來一直都在，沒有消失，沒看到只因它跑得很前面，而我要努力跟上去了。

上下文——二十一世紀的動態時報

交流道

其實真正記住的不是交流道，而是交流道溜下來之後的休息站、名產店、地景地標，第一座交流道叫麻豆，圓環的阿蘭，沿街販售文旦禮盒，好大一粒文旦擱在空中，讓人想起《巨神連線》。沒有三號、高鐵之前，爬上麻豆得以通上中山高速公路，我們要去劍湖山遊樂世界。

客運站也都蓋在交流道出來的地方，候車時候總會遇見鄰近鄉鎮就近搭車的友人。我們都不說話。二十歲的時候，我常搭乘綠色車身的統聯巴士北上南下，南下三零三公里處得以望見基督教新樓醫院標誌。

祖母第一次大手術即是在新樓，她的頸後肩處長出一粒肉眼可見脂肪肉瘤。開刀當日我正準備小學畢業，跟著同樣認識我家祖母的同學，在已經沒有進度的數學課堂大吵大鬧，她似乎察覺了我的焦躁，好成熟地說你怎麼沒去醫院。

有次隨著父親來新樓探病，我不想上去，於是和母親拉下車窗等在停車區，醫院大樓燈火通明，如果再買兩杯溪梯咖啡就能掏心掏肺。我們就著深夜車水馬龍麻豆市鎮當作布景，交流道就在附近，文旦園也在附近，行經麻豆路段其實白天可以看見許多文旦園。車體內我們母子無邊無際地交換訊息，談的都是她如何生養我們兄弟的故事。感覺像剛從交流道溜下來，也像等會就要出發爬上去。

二十一世紀

善化大成國小附近、全聯超市正對角，現址建物為仁愛眼鏡行的前身，它在二十世紀最後幾年曾經是座名為二十一世紀的百貨大樓。我們時常跟隨家長來此添購讀書用物，這裡的款式比較精緻，分類尤其繁複，大哥甚至買過一個要價兩千的棒球手套，小四那年我買了好幾個紙袋，不曾提去學校因為樣式適合女生。

二十世紀最後十年，學會一人搭乘公車從大內來到善化小旅行，我給自己安排的景點依序：尚上書局─善化菜場─二十一世紀。常常遇見同樣從大內騎車出發的地方媽媽，不知為何我都好害羞躲起來。前後兩者都是書局得以理解，倒是不清楚為什麼一個小孩要去逛菜器啊。我似乎正在預演脫逃草地所在，也像練習要在善化定居下來。

百貨大樓記號一般給我暗示，來到善化如同提前進入二十一世紀，而我當時讀得不明不白：未來人生的第一棟不動產會是要是在善化。「會是要是」算一種怎樣的句法？時態比較接近未來完成式，心態則是現在進行式。

節目表

八點多圖書館開了，這時母親上班，二爺與祖母前去牛墟，隨後我也準備出門。我的年齡終於得以進入大人閱讀區，卻維持習慣只在讀報間逗留。暑假會來圖書館的都是老面孔，看報的班底又更加固定。我常遇到氣質出眾的退休老師，有時遇到感覺理當上班卻鎮日沒事的中年人。我的雙親都是藍領階級，時間沒有彈性，對於某些職業白天時間可以出來買菜辦事感到不可思議。這也成為他們想像什麼是理想工作的條件之一。

我的雙手無法完整攤開整個報面，就學大人把報紙斜斜攤在摸起來有點谷溜的桌面。我從小喜歡讀報，體育版、娛樂版，好像沒有看過副刊。有陣子小學作業要我們蒐集臺南好人好事代表，於是大量關注地方新聞。那個暑假不知為何我的興趣落在全版的電視節目表，版面往往接在娛樂新聞的後面，今日即將播出什麼節目呢。綜合臺的節目表差異不大，八點檔就是連播五天。電影臺的變化比較多元，尤其對於電影居然跑到電視播出這件事情感到好奇。

我的成長與第四臺文化同步進行，為此養出許多電視兒童，孩童搶遙控器、被告誡不要靠電視太近，或者電視螢幕掛上一個據說得以防止輻射的隔板，都是想像世紀之交家庭空間的關鍵符號。剛放暑假的我就著節目表設計自己的二十四小時，我讀節目表如同在讀時間的日記。試問時間的時間又是什麼時間。

遠東

不知道為什麼小時候聽到遠東二字像在接受醫生問診，他的聽筒在我的胸腔上下左右移動，冰冰涼涼，我覺得這動作就叫遠東。

遠東工專、遠東百貨、遠東航空……有位年少離鄉打拚的親戚就叫楊遠東，因著這個名字讓人感覺他去的地方比遠東更遠，聽說後來在美西有座洋房，庭園布置類似從小生長的廟後古厝。

某個午後，我又坐在古厝廂房的戶模，大白天老實說我也會怕，感覺祖先都看在眼裡。這時聽到傳來百貨公司才會出現的廣播通知，就是等登等登等等等，以為耳朵失靈，單車地表上下左右移動，就是遍尋不出聲源是在何處。

隔日一座布袋戲棚來到廟口就定位，紅紙上頭寫著即將連演三個星期，酬謝者匿名但在眾人逼問之下傳出就是我們的遠親楊遠東。酬神總有理由，我們來到戲棚下，卻已不知是身在事件之前、之中，還是之後。

遙控器

有時發現鄰家小孩在搶遙控器，心中其實甚為欣羨，我家不興闔家觀賞這種儀式，人人房間都有自己的小電視。也就不用搶遙控器。我常在不同房間看同個節目，或者同個房間看不同節目。對於看了什麼竟也會有差異的詮釋。

我們不搶遙控器但常不小心摔壞了它。有次小孩各自上學，剩下二爺與祖母在家找不到遙控器，以為是被我放進了書包帶到了學校。那時我們教室位在司令臺正後方，老遠看著祖母跑來我的教室，老師早已跟在身旁。

我的書包當然沒有呀，卻還是禮貌性地找了一下。那日祖母與她年紀相仿的導師交談愉快，她們日後成為了好朋友。

遙控器有幾枚按鍵是我的最愛，第一枚叫做「頻道往返」：選擇太多有時忘記上個節目落在哪裡，直接切換的功能相當人性並且直觀；第二枚按鍵叫做「定時睡眠」：也就是電視機可以開著當床邊故事，看到睡著也會自動切斷，我因睡覺太過安靜會怕聽到祖先說話，因而常常使用這個功能。第三枚按鍵尤其深得我心，它叫做「雙語」：日語或者洋片頻道，碰碰運氣可以發揮功能。

我常說宮崎駿的動畫《龍貓》，我小學看的是臺語發音的版本，同學聽了覺得不可思議，至今我還能模仿電影最後大姊用臺語向龍貓公車報上媽媽住院的七國山病院，祖母跟著我看得聽得好入迷。臺語日語的雙語轉換尤能體現這部動畫的精神，我一邊收看一邊切換，才想到祖母本來兩種語言就很熟悉。而我手上的雙語按鍵於她反而像另種語言。雙語的雙語又是什麼語種呢。

靠窗優先

跟隨二爺與祖母到花東旅遊，隔著遊覽車窗初次看見太平洋。大哥急著要我看的其實不是海，他說遠方有艘正在移動的船隻，白色的，遊覽車停在路邊等待採購海鮮土產的遊客上來，沒有下車的我們隔著車窗與大雨，船隻看起來皺皺的而且不大。

父親當的是海軍，家中有艘軍艦模型是父親退伍贈禮，軍艦附設電線，夜間插電可以發出光芒，我們兄弟在三樓遊戲間進行點燈儀式，大人的玩具讓我們三人看得嘖嘖稱奇。軍艦製作尤其精細，首尾交錯披掛各國旗幟，形成一個人字形。旗海之中的高處，也就是人字的頂端，昂昂升起青天白日。父親說這艘船是有原型的。我對軍艦自身的興趣並不高，知道它有本尊這事倒是勾起滔天的熱情，我好想比對兩者到底一不一樣。

海的截圖無處不在，在月曆紙上，在祝福賀卡，在某個觀光短片的開始與結束，它們一樣嗎？

加州的海，南洋的海，大西洋，日本海……車窗框出的藍天像是某種海的自拍。你知道臺灣西部高鐵的某些路段，南下得以看見大海嗎。

新世紀

最初接觸的選秀節目當然是《五燈獎》，我還有印象阿妹參賽的模樣，然而真正迷上歌唱比賽卻是三立電視的《二十一世紀新人歌唱排行榜》。它和善化二十一世紀的文具百貨相同，紛紛出現在二十世紀最後幾年。主持人是澎恰恰與馬妞，這個比賽帶狀週四至週日播出，年齡區分社會校園與兒童等組，兒童組討論度最高，方順吉等歌手就是從此而出。那時第四臺文化尚未十分完整，我在鄉村看的版本都是重播，住在府城的大姨一家也有看，有次因故週日無法看到比賽，而喜愛的選手似乎有落選的危機，還請媽媽打電話去問首播結果。府城到大內車程不過四十分鐘，播出的形式卻是不同的邏輯。故事來到這裡大概會走向什麼落後或者時差之類的命題。但我不要時差也沒有落後。我開始專注看著電視，起手式就是《二十一世紀新人歌唱排行榜》，它的節目開頭有段口呼：實現夢想。挑戰未來。它好勵志八股卻完全戳到我的神經。但我在乎的是二十一世紀以及新人兩字。學校黑板邊側的值日生只會寫中華民國年月日，一次跟同學談到現在到底第幾世紀。他說現在才二十世紀啊。我卻以為二十一世紀早就來了，為此還在教室大聲嚷嚷氣噗噗。

激情

中學時期的校車路線，起訖是從大內到麻豆，中間經過出產菱角的官田。其中一站叫做西庄，母親的娘家位在此地。二十一世紀元年，國民中學一年級下學期，首次政黨輪替之後，有段時間我的校車經過西庄都會回堵一些時間。全國民眾都來參看總統故鄉，一個村落瞬間成為觀光熱點，眼前畫面隔著車窗對著十二歲的我開展而來，我的心情是有點亢奮、激動卻說不上來。日後我也跟著買了許多總統周邊商品，吊飾、杯墊、枕頭、衣物、六孔小冊、造型碗盤，碗盤設計有總統府圖樣與三合院圖樣，我買的是三合院圖樣，母親說總統府的好。六孔小冊設計特好，拿去學校還有同學託付我買。那時國文課上到五柳先生，作文題目要我們以某人傳記為方向設計，我寫了第一名先生傳，傳主就是總統先生。二十年前的事情了。如此原初的敘事難以駕馭，我也只能片片段段說起，我還年輕，才剛國一。

建案中

不知道是建案看板太過密集，讓人不難被它吸引；或者自己也開始留意起了這些標語一般的房產符號：坪數。單價。機能。永康、安平、善化、東區……建案名稱給人恢弘氣象居多，也有諧音文字遊戲，如今在南科一帶抬頭尤其得以找到一切關於家的單詞聯想，想來是個文化研究的小題目。我終要擁有自己的屋宇了。每筆錢都是辛苦掙來。心情感到無比踏實。二十世紀最後幾年，村子裡曾經有個建案，破土當日天空升起一粒熱氣球，我常在三樓陽臺探望那球。不知道熱氣球有沒有看到我。建案傳單時常隨著日報夾送來到我們在地居民的客廳，為此我常研究起了房舍的格局，建案任何動靜，瞬間都會成為鄉間話題，誰去訂了一戶隔天立刻傳開。聽說好貴。因為建案就在老家附近，偶爾我會騎著單車拿著地圖，來到現場比對施工狀態，好像一副我也要下手好幾戶。原來從小我就練習現場看屋，我喜歡那樣勇敢畫餅的自己。以後有空要來我家作客。

雨天的三號

哥哥的馬自達離了高鐵臺南站。剛剛爬上歸仁交流道，遠方的密雲已經湧至，一場雨瀑準確落在國道三號，打開車燈，保持車距，放低車速，我們幾乎看不到去路。國道三號又叫福爾摩沙高速公路，我們常從善化交流道南下與北上，南下關廟田寮林邊。北上水上古坑。它在我中學時期完成通車，修築於我小學年代。如果我有認不出身在何處的經驗，那就是車行在三號，見到了不一樣的的南部臺灣。

那日大哥前來接我，建議我早點因會下雨，然我們還是算不準雨雲的速度，上了三號立刻轟天降下。我們談論晚餐的內容，放很低的音量，很慢的車速，決定在某個路段轉上東西快速道路，要去我們熟悉的玉井山區採買一家的夜食。

夏天剛來的突發狀況，奧援過程，我才驚覺家中的男主人已經悄悄換人。大哥臨時上陣可能無法招架，成了我們兄弟暫時相互支援狀態。十八歲出門，即從善化交流道北上三號。此刻三號的雨天引我回到最初的山區。因著天色昏暗，路燈提前啟動感應。福爾摩沙的雷陣雨季。怎麼去我就怎麼回。

接駁車

住家附近的廟口廣場，某些時間，總是等候一臺廂型小車。仔細一看，原來是連鎖醫院的就醫專車，負責接送固定回診的在地民眾。日子久了司機成了大家的醫療顧問，掌握各人的回診進度，誰沒上車，上車不便，或者誰慣習坐副駕駛座，按時在媽祖廟前列隊，太慢了就去播音站向全鄉廣播。

以前寫到這裡，我會把自己丟入這車，然後可以展開類似某種密閉空間的移動敘事或者龍瑛宗〈早霞〉的片段。這次坐在廟埕階梯，司機以為我要上車，我揮揮手，該不會以為在跟他說哈囉。過去我也是座上客。祖母在此醫院待過。

這時，慌慌張張來了一位老鄰居，她說醫院附近有間學校，剛接到電話說是孫兒上課不久在發高燒，靈光乍現問起能不能順道搭便車，反正醫院走到學校很快十分鐘就到。我愣了一下，會不會太可愛了啊。一個故事好優雅地被另個故事接駁而走，彼此卻交織在故事的雲之中。我想到互聯網或者大數據，你能做的就只是持續鍛鑄自己的風格；所以我喜歡老鄰居的地理學，若她不是一定熟悉家鄉經緯，又怎可將一個故事接到另一個故事呢。

文體——

字幕組創作課

直到現在，母親仍然習慣形容電視進入廣告的這段時間叫做「賣藥仔」。初始我以為是種走江湖文化的遺留，可能也是，後來才知從前電視播到中斷，真的會有演員手捧好物進棚，身上直接穿著歌仔戲服，站在假山亂石之前，文白夾雜地賣力推銷。有種亂入置入的錯綜美感，我怎麼看怎麼怪卻好喜歡。

我喜歡藝術創作進入歷史文化轉型階段的各種變化，內容的或者形式的，人的五感也都變了、青黃不接，然而青黃不接於我卻是開啟一種全新審美的契機，特別是文字，到處充滿土地生民用其生命與語言角力的動人故事，活跳生猛又深刻。我祈願自己的作品也是活跳生猛深刻的。

如今回望我所生所長的這座島嶼，一路走來前輩文人多少精彩的文字創作，不同時期志於創作的創作者，嘗試運用有限文字去描述眼前的無限世界，百折不撓，越挫越勇，就像在替這塊土地打上字幕，名狀各種不可名狀的事物，而我不過只是其中之一，可能不及他們的努力。

我的上一代，上上一代傳承豐沛的語彙，而我持續深化與創化。寫出自己的意見不難，文體卻是一個集音器，你能聽到自我的聲音，也要學會聽到他人與世界的聲音。創作是持續不斷的練習，專注文字符號的編排是肯定的，藉由不停跨界移動挑戰既有習性也是必要的。我要謝謝自己非常專心。

這幾年來不分歲數限制四處演講，聽眾從五歲到八十五歲，因著同個故事得以笑得開懷，讓我明白自我追求的創作是俗雅不分，文學定義無法定義，跨界是一種破壞的過程，然而破壞與建設本是一體兩面，《現代文學》六〇年代的創刊號早已如此寫著。文學歷史雙軌並進，以此理解臺灣文學的語言風貌與時代精神，是我喜歡的徑路與方法，從中知察文字符號如何追趕跑跳走到二十一世紀，語言不僅超展開並且充滿彈性力。

我常想像古典文人如何通過漢詩形式狀摹黑夜色澤呢，沒有電力設備卻在亭臺樓閣登高遠眺的年代，他們究竟到底看到了什麼？現在也是重讀賴和的黃金時機，舊語新字燒怕電的特色，賴的語言數十年後得以和路邊店招、民生用語遙遙呼應，讓人永遠無法忽視他的作品；流傳民間的歌仔冊本，紙上表音記字的筆法，總是想到學生時期的手抄歌本，這小本本像是一種有聲書，愛不釋手，原來聽說讀寫得以很方便很上手；徐坤泉希望他的作品具有不文、不語、不白的精神，多麼慶幸他留下這段寶貴的心得文，於是我們有了獲得廣大迴響的《可愛的仇人》；跨語作家的文字來自不同脈絡，他們重習中文的句法結構與布局方式，其中的美學根源又是為何，儼然需要更多更新的讀法；戰後省外作家吸納南腔北調於漢字系統，七十年代我們讀到軍中作家的故鄉敘事，彷彿聽到他們現身說著湖南山東河南北平的故事。年輕的作家還會一直來一直來一直來，而語言持續不斷地變化。語言的生命力就是文學的生命力。

我想起兩年前續約手機，換贈得到一臺液晶電視，把它送回老家，因著小年夜的強震，臉部朝下，完全毀損，於是我們換了一臺更大的。結果現在弄得小客廳變成大劇院，遙控器好幾副，還可以接網路設最愛，建立私人清單，母親忍不住說你外公外婆怎麼會用啊。我也覺得超級納悶。

曾是闔家觀賞的家庭空間，如今也能變成私人劇院，對著螢幕大聲說話方便選臺，前提是你要講得清楚說得明白。所以我們笑歪不斷對著電視練習發號施令，字幕卻始終無法捕捉母親的口音，總是把這齣戲讀成那齣戲，母親努力聲東擊西，字正腔圓，最後跳出更多毫不相干的東西。

然後母親問起用電視看電腦，這樣也有賣藥仔的嗎？我說當然有啊，可是你可以選擇略過廣告，大家現在看到這四個字都馬立刻按掉。略過廣告才能省下時間，時間啊時間。好久沒和母親一起看電視了。

轉場——小郵局

很喜歡這故事，我把它放心中十幾年，沒有什麼起伏，就是一些動作一些情緒，於我卻是直指生命題型，自然可以關於許多事情。

放學隊伍出了校門，老師總會陪著我們走上一段短路。沿路經過：第一站是郵局、接續民宅、麵攤、五金行。因著各人的住家到了，人數依序減少，最後在舊菜市的公車站與剩下的同學道別。我家在舊市場的下一站。所以老師不會跟來。

老師當時年紀六十多，身姿仍是相當優雅，路上店家看到她都會問候，上個世紀的小鎮教員，村民始終愛戴無限懷念。

放學在家不要亂跑，特別是讀到中午的星期三五，有時老師功課會多派一些。就是擔心學生跑去電動間、圳溝邊。六月或者九月天氣炎熱，兩個表現正常的學生，常在隊伍四散之後，並不打算直接回家，等候老師轉身回到校門，趕緊逆著放學路線，跑到了校門對面的小郵局，打算要來吹冷氣寫作業。起因來自每次路過郵局，自動門開闔間，我們都忍不住放慢腳步想要吹吹從裡送來的冷氣。兩個學生在小郵局寫作業，這是路隊成員全都知道的祕密。

沒錯，就是坐在桌與椅相連的，就叫做桌椅，拿來坐著填寫匯款存款單據的桌椅，平日無人午後郵局，間接成了小學生消暑作業的避暑場所。郵務人員也很歡迎。

有次小學老師下午出來郵局辦事，撞見自己的學生還在外面晃蕩，學生以為老師將要大發雷霆，作業拿著急著爭辯說是媽媽要他進來等候不然太熱。老師瞇眼笑著沒有說話，老花緣故無法順利填寫表單，還是兩位學生的協助幫忙。阿拉伯數字要寫國字正楷，三是叄，七是柒，八是捌，師生三人翻遍手邊資料就是找不到二要怎麼寫，最後看到櫃檯邊角郵務人員貼心製作提示字條，其中一名學生跑來抄在字條，回到桌椅習字一般寫了一遍，老師還說筆畫不要黏在一起。顯然很多人都有這個困擾。

我們的故事說到了這裡，接下來走法就很豐富了。老師是來提款還是存款的呢。遊蕩郵局的學生家境狀況如何。兩位彼此又是什麼關係。冷氣開放的業務空間，讓人綁手綁腳的桌椅設備。據說出現領取號碼牌的現代設計，許多公公婆婆進來不知動線順序，其中一名學生成了臨時志工，化解了好多狀況，更多的是像不會謄寫數字正楷的鄉親民眾，這時他們又變成識漢字小幫手。這事傳遍校園鄉間，最後升旗上臺接受表揚。如果繼續廣泛周知，大概就會成了一則得以登上尋常新聞的勵志故事。

有次週五下午四點，母親下班要到郵局辦事，我跟著一起前來，又看到了兩位還在寫作業的同學。地上的書包，掛在椅背的外套，儼然就是一間教室的複製貼上。週休二日剛剛實施，作業分量特別吃重，媽媽認識他們——兩位同學都住在徒步需要半小時的溪埔聚落，眼看時間已晚，媽媽要我暫時等在郵局，自己當起了臨時的家長、接送的司機。兩位同學擠在機車後座，書包各自放在腳踏板與車菜籃。坐中間那位雙手不知擺在哪裡，還笑笑作搖擺狀如鳥翼。媽媽要他抱住她的腰際。不知有否平安將他們送了回去。

地號

殘仔頂／生命紀念園區

起先動念展開系列的地號書寫，我猜想最初激情即是來自殘仔頂。殘仔是田地的臺語發音，地本身無名，多年來我們全家都喊它殘仔頂，有時簡稱殘仔，感覺更加親暱。殘仔頂距離我家徒步只要二十分鐘，在所有耕地之中離厝最近，我卻從沒徒步前去的記憶。時常聽聞家中長輩說晚年曾祖母年近九十仍能扛著鋤頭上田，當年她去的其實就是體力尚能負荷的殘仔。

殘仔頂總是引起我的注意，理由之一即是它也位在大馬路邊，人車來往都能看見它的現況。喔，以前姨婆路過都會不斷提醒說：安怎沒在種了啊！它已拋荒至少二十年。殘仔頂自身一分為二，前面是祖母耕作，後面是貝公果園，但加起來不大，根本兩座籃球場。這裡什麼都種作，卻也什麼都難收。最後幾次來到殘仔，即是陪著祖母來摘蔬果，種植一些家用菜物，不知是誰幫她搭建了簡易豆棚，讓我最難忘的是初次看見紅蘿蔔。那時兒歌教學有首〈拔蘿蔔〉歌詞聽來有點豪小，然而野生紅菜頭的部分身軀從地表露出的畫面，還是讓我看得又驚又喜，因而天真相信了祖母提及附近會有野兔前來的故事。

也許是著眼於殘仔頂離家近的地利因素，父親退休之後，首先重整的便是這塊小地，我也才能不時機車騎著前來走踏，彷彿這裡就像是我們家的後花園。前陣子種了滿園的番茄，自食之外還能小賣，品種繁複，有橘有紅，拍起來很上相，每顆都有當網美的潛力，結果聽母親說成本根本划不來，一場寒流來襲之後全園集體枯死，覺得實在很像一場鬧劇。

最近則是原地種起了苦瓜絲瓜，都是攀升力與生命力超強的蔬果：這是我生平第一次看見苦瓜，為了防止蟲叮，還在發育便紛紛穿上防護網衣，可以感覺到父親的用心，我拍了照片潑上臉書，戲稱說小苦瓜是在為了以後能稱職扮演苦瓜封而努力。苦瓜直是我的最愛，時常晚飯時間，我幫祖母跑腿去小店買豆豉買海底雞，為了就是要煮喝來回甘的苦瓜湯；絲瓜倒是從前在三合院種過，利用一座廢棄的雞寮基座，印象中酸藤酸得一場糊塗，有次我在古厝玩樂，剛好和蔬果舖阿恩碰上頭，起初想說她在瓜棚繞看實在有夠可疑，後來竟然大辣辣折摘走了超大的菜瓜，她且要我轉達祖母說她先摘去賣了，這是什麼交易模式啊。一時之間祖母居然變成了批發。

將近十多年時間殘仔是座廢田，只是許多老欉果樹仍能自己發育，這就是老樹的魅力，比如殘仔周圍的土芒果樹，年年成熟落果，我們路過也只會說有開花喔，然而沒人有空來顧，想必姨婆也看到了；又比如那棵破布子大樹，經年是我們夏日手做樹籽的重要來源。今年不知為何沒有動靜。實則田的本身拋荒相當嚴重，因此這次連同貝公的部分一併重整之後，視野陡然放大，我的內在有個角落正在見光，第一眼我就看到了外型小巧的農舍，它完完全全抓走了我的眼球。

這座農舍是伯公的。兩坪大小，水泥建材，出入的木門一扇，兩個對外小窗。農舍用臺語說就是寮仔，平時拿來擱置農具，或者雨天躲雨熱天蔽日，我們家的田地從來不曾蓋過寮仔。殘仔的寮仔構造完整，仍能使用，上次進入看到牆上掛著一把鐮子、二十年前的農藥罐歪在地上，門邊立著好幾把的低桃，也就是鋤頭的意思，我猜想大概也二十年沒有動過了。

這裡可以住人嗎？腦袋想的其實是這個問題。寮仔的規格大小特別討喜，如果有水有電，稍微整理一下，放上租屋網定是相當搶手的屋訊。此屋可以拿來怎樣運用呢？閒置空間的活化風氣同樣吹進了我的生活，我想到或者變成書屋，或者變成裝置藝術，想到去年拜訪華爾登湖，走進梭羅的《湖濱散記》，他也有一座浪漫滿屋，但與我眼前的小屋功用差距較遠。殘仔的寮仔據我了解歷史大約四十年，想了一下，覺得比較理想的狀態還是讓它扮演本來的腳色。把農舍還給農舍，重點是不用上鎖，擔心東西被偷。

起先農舍一邊，也有兩座水池，有水池有農舍，顯見這地當時相當受到重視。池的水面與地面平行，是我眼中風險與危險皆高的地面池。記憶中池裡全是蝌蚪，以及蝌蚪化身而成的田雞，從小我則喊牠四腳仔，我們就在池邊舉行烤肉活動，在場還有伯公一群孫子，主烤者則是母親和堂姊，我們男生在田裡放風，撿拾柳丁落果投高飛球練練手臂。基於離家很近的考量，許多烤肉用物沒有帶來可以立刻騎車去拿，殘仔頂的戶外活動讓人特別安心，我們吃了許多土司夾肉，喝了許多黑松汽水，這裡不像後花園至少也像後院，成為我們樓厝延伸的活動空間。

殘仔近處緊臨山坡地，於我而言此地遂是土石崩毀危險區域，到現在我仍做著崩山的噩夢，背景似乎就是殘仔。很小的時候，有次小堂姑載我來摘芒果，母親隨後機車也到，小堂姑趕緊拉著我來到山溝樹邊，笑咪咪地跟我說趕快躲起來，那時的我沒有說不要，驚訝於小堂姑的孩子氣，那時她三十歲，正是最美的年紀。山溝中聽到了母親田頭喊我的名字，我也對著小堂姑瞇眼笑了起來。這個畫面剛剛突然闖進我的腦袋，不知母親後來花了多久時間找到藏躲的姑姪二人，只注意到那天母親是難得沒有上班，她好不容易放假了。

想來殘仔頂的變化牽動著一家人的生涯規畫。父親退休之後殘仔重啟耕作，而我每每回到臺南都會來到殘仔，像是確認自己仍是莊稼人的囝仔。新的殘仔與舊的殘仔同時在我眼前發生，此時一條公車路線竟然就在殘仔頂的入口處設置，這又是一種怎樣的命運呢？

這條路線是叫做橘幹線，非支線是主幹線，每小時一班公車去返玉井佳里，途經大內善化麻豆，橘幹線行經大內，設置許多過去興南客運沒有的站牌，一個新的敘事被一條路線架設出來，位於殘仔外邊的迷你小站，命名為生命紀念園區，只因殘仔附近就是一整片墓地。生命紀念園區乍聽之下覺得跳痛，然而殘仔成了可以搭乘公車上下出入的田地，卻是當年伯公祖母都不曾料過的變化。

只是通車多年我沒看過誰在生命紀念園區上下，得以使用這個站牌看來看去就是附近耕作的人，也就是我們一家了。地號書寫於我而言本是生命書寫，是殘仔給我催促力來執行這項並不易達就的寫作計畫。猜想很快我就是橘幹線第一個在生命紀念園區刷卡下車的乘客；當然我也會從此上車，並且利用公車APP掌握巴士到站的進度，這世界，是真的完全不一樣了。我就要從生命紀念園區離開，帶著殘仔的收成，坐幾站可以先到家，或者過家門不入，去更遠處一座陌生的市鎮。我要紀念的是殘仔過去的故事，也是這塊土地以後的故事。

故事書：福地福人居

國家圖書館出版品預行編目（CIP）資料

故事書：福地福人居／楊富閔著. -- 初版. -- 臺北市：九歌，2018.10

面；　公分. --（楊富閔作品集；2）

ISBN　978-986-450-214-1（平裝）

855　　107015510

作　　者——楊富閔
責任編輯——張晶惠
創 辦 人——蔡文甫
發 行 人——蔡澤玉
出　　版——九歌出版社有限公司
臺北市 105 八德路 3 段 12 巷 57 弄 40 號
電話／02-25776564・傳真／02-25789205
郵政劃撥／0112295-1

九歌文學網　www.chiuko.com.tw

印　　刷——晨捷印製股份有限公司
法律顧問——龍躍天律師・蕭雄淋律師・董安丹律師
初　　版——2018 年 10 月
定　　價——320 元
書　　號——0111602
I S B N——978-986-450-214-1（平裝）

本書榮獲 NCAF 國家文化藝術基金會 National Culture and Arts Foundation 文學類創作補助